Deseo™

DISCARD

Una aventura complicada

FIONA BRAND

HARLEQUIN™

Editado por HARLEQUIN IBÉRICA, S.A.
Núñez de Balboa, 56
28001 Madrid

I.S.B.N.: 978-84-687-3174-2
Depósito legal: M-13393-2013
Editor responsable: Luis Pugni
Fotomecánica: M.T. Color & Diseño, S.L. Las Rozas (Madrid)
Impresión en Black print CPI (Barcelona)
Fecha impresion para Argentina: 30.12.13
Distribuidor exclusivo para España: LOGISTA
Distribuidor para México: CODIPLYRSA
Distribuidores para Argentina: interior, BERTRAN, S.A.C. Vélez
Sársfield, 1950. Cap. Fed./ Buenos Aires y Gran Buenos Aires,
VACCARO SÁNCHEZ y Cía, S.A.

Capítulo Uno

La vibración del teléfono móvil de Lucas Atraeus interrumpió el calculado movimiento de sus músculos.

Llevaba unos pantalones de deporte grises que se sujetaban en sus estrechas caderas y sus hombros anchos se veían bronceados con la luz de primera hora de la mañana, que entraba en su gimnasio privado. Se levantó del banco de pesas y miró la pantalla del teléfono. Eran pocas las personas que tenían su número personal. De ellas, solo dos se atrevían a molestarlo durante su entrenamiento matutino.

–Sí –dijo bruscamente, respondiendo a la llamada.

La conversación con su hermano mayor, Constantine, director ejecutivo de The Atraeus Group, una red de empresas familiar y multimillonaria, fue breve. Cuando colgó, Lucas se dio cuenta de que, en unos segundos, habían cambiado muchas cosas.

Constantine pretendía casarse en menos de quince días y, al hacerlo, le había complicado irreparablemente la vida.

Su futura esposa, Sienna Ambrosi, era la presidenta de una empresa con base en Sídney, Ambrosi Pearls. Y también era la hermana de la mujer con la que él estaba saliendo en esos momentos. Aunque decir que salía con ella no era suficiente para describir la apasionada y adictiva atracción de la que era esclavo desde hacía dos años.

El teléfono volvió a vibrar. Lucas no necesitó mirar la pantalla para saber de quién era la segunda llamada. Su reacción fue instintiva. Carla Ambrosi. De melena larga y morena, piel de color caramelo, ojos azules y un cuerpo curvilíneo capaz de parar el tráfico… y a él también.

Notó el deseo, salvaje y poderoso, que casi vencía la férrea disciplina que se había impuesto desde la muerte de su novia Sophie en un accidente de tráfico, cinco años antes. Entonces se había prometido no volver a dejarse llevar por la pasión ni caer en una relación tan destructiva.

Llevaba dos años rompiendo aquella promesa con regularidad.

Pero iba a dejar de hacerlo.

Hizo un enorme esfuerzo para no responder al teléfono. Unos segundos después, y para su alivio, este dejó de vibrar.

Se apartó el pelo moreno y húmedo de la cara y avanzó por el suelo de mármol hasta la ducha. Era de constitución atlética. Unos siglos antes, habría sido un formidable guerrero. No obstante, en esa época la batalla se luchaba en las salas de juntas, con extensas carteras de acciones y con el oro que se extraía de la árida espina dorsal de la isla principal.

En el ámbito empresarial, Lucas era invencible, pero las relaciones personales eran otro cantar.

Los beneficios del ejercicio físico se perdieron en la tensión y en la indeseada punzada de deseo. Lucas se quitó la ropa, abrió la ducha y se metió bajo el chorro de agua helada.

Si no hacía nada y continuaba con una relación que cada vez era más peligrosa, terminaría prometiéndose con una mujer que era todo lo contrario de lo que él necesitaba como esposa.

Una segunda atracción fatal. Una segunda Sophie.

Necesitaba una estrategia para terminar con una relación que siempre había estado destinada al fracaso, por ambas partes.

Ya había intentado romper con Carla una vez y había fracasado. En esa ocasión, lo conseguiría.

Se había terminado.

Por fin Lucas iba a pedirle que se casara con ella.

La luna llena bañaba la isla mediterránea de Medinos cuando Carla Ambrosi detuvo el deportivo rojo que había alquilado delante de las impresionantes puertas del Castello Atraeus.

Estaba aturdida de emoción y nerviosa al ver a los *paparazzi*, que estaban en Medinos debido a la boda de su hermana con Constantine Atraeus, que tendría lugar al día siguiente. No le había servido de nada llegar tarde, ya de noche.

Un guardia de seguridad golpeó la ventanilla. Ella bajó el cristal un par de centímetros y le tendió la invitación color crema a la cena de esa noche.

El hombre asintió, le devolvió la tarjeta y le hizo un gesto para que avanzase.

Un flash la cegó momentáneamente al pasar entre la multitud y se arrepintió de haber alquilado aquel coche en vez de uno más serio, pero había querido dar una imagen relajada y alegre, como si no le preocupase nada en la vida.

Oyó que golpeaban la ventanilla del copiloto y giró la cabeza.

–Señorita Ambrosi, ¿sabía que Lucas Atraeus ha llegado a Medinos esta mañana?

Sintió una embriagadora sacudida de ilusión. Había visto la llegada de Lucas en las noticias de la mañana. Unos minutos después, le había parecido ver su coche al salir a comprar café y unos bollitos para el desayuno.

Había sido imposible no fijarse en la limusina, rodeada de medidas de seguridad, pero los cristales tintados de las ventanas habían impedido que viese a sus ocupantes. Carla se había olvidado del desayuno y había llamado y enviado un mensaje a Lucas. Habían quedado en verse, pero entonces la habían llamado para dar una entrevista para un popular programa de televisión estadounidense. La última colección Ambrosi saldría en menos de una semana y la oportunidad de utilizar la publicidad que les estaba dando la boda de Sienna era inigualable. A Carla le había sentado fatal tener que cancelar su cita con Lucas, pero había sabido que este la comprendería. Además, iban a verse esa noche.

El flash de otra cámara hizo que el dolor de cabeza con el que había estado luchando toda la tarde volviese a repuntar. Era un aviso de que tenía que relajarse y tomarse las cosas con más tranquilidad. Eso era complicado, teniendo en cuenta que la médico le había dicho dos años antes que poseía una personalidad de tipo A, además de una úlcera de estómago.

Esta, que además era su amiga, le había aconsejado que dejase de ser tan perfeccionista y que no intentase controlar cada mínimo detalle de su vida, incluida su esclavizadora necesidad de coordinar su ropa por colores y planear lo que iba a ponerse con una semana de antelación. Su manera de ver las relaciones era un ejemplo muy ilustrativo. El sistema de hojas de cálculo que utilizaba para evaluarlas era excesivo. ¿Cómo iba a encontrar al hombre perfecto si nadie cumplía los requisitos para llegar a la segunda cita? El estrés iba a matarla. Tenía que relajarse, divertirse, incluso considerar la idea de acostarse con alguien antes de que le surgiesen más problemas de salud.

Carla había hecho caso a Jennifer. Una semana después, había conocido a Lucas Atraeus.

–Señorita Ambrosi, ¿ahora que su hermana va a casarse con Constantine, existe alguna posibilidad de que usted retome su relación con Lucas?

Ella siguió conduciendo con la mandíbula apretada, pero el corazón se le aceleró.

Llevaba dos semanas muy nerviosa, desde que Sienna le había dado la noticia de que iba a casarse con Constantine.

7

No obstante, esa noche estaba decidida a no molestarse por ninguna pregunta. Siempre había evitado que se la relacionase sentimentalmente con Lucas, pero esa noche por fin iba a poder hablar.

La disputa financiera que había separado a las familias Atraeus y Ambrosi, y el dolor de su hermana por la ruptura de su primer compromiso con Constantine, formaban ya parte del pasado. Sienna y Constantine iban a tener un final feliz. Y esa noche, por fin, Lucas y ella también tendrían el suyo.

Oyó un ruido sordo y unos focos la iluminaron desde atrás, donde vio un reluciente coche negro.

Lucas.

A Carla se le aceleró el corazón. Se estaba alojando en el *castello*, así que debía de volver de alguna reunión en la ciudad. O a lo mejor había ido a recogerla a la casa que Sienna, su madre y ella habían alquilado en la ciudad. La posibilidad de la segunda opción la ilusionó.

Un segundo después el camino estaba libre, ya que los periodistas la habían abandonado para rodear el Maserati de Lucas. Automáticamente, Carla pisó el acelerador y su coche subió la empinada cuesta. Pocos minutos más tarde tomaba una curva y aparecía ante ella el *castello* que, hasta entonces, solo había visto en revistas.

Los focos del Maserati la iluminaron mientras aparcaba en la extensión de gravilla que había delante de la entrada. De repente se sintió absurdamente vulnerable, tomó el bolso de fiesta rojo que iba a juego con su vestido y salió del coche.

Las luces del Maserati se apagaron, dejándola en la oscuridad mientras cerraba la puerta.

Se dirigió hacia el Maserati con los ojos todavía sensibles por los efectos de las potentes luces halógenas. La sensación fue la misma que dos meses antes, cuando había contraído un virus estando de vacaciones con Lucas en Tailandia.

En vez de la escapada romántica que tan cuidadosamente había planeado y de la que podría haber surgido la propuesta de matrimonio, Lucas había tenido que hacer de enfermero con ella.

La puerta del conductor se abrió y a ella se le aceleró el pulso. Por fin, después de pasarse todo el día esperando, iban a verse.

La boca se le quedó seca al recordar los explosivos encuentros que, durante el último año, se habían hecho todavía más intensos.

No estaba segura de haber tenido con él algo tan equilibrado como una relación. Su intento de crear una atmósfera relajada y divertida, sin estresantes compromisos, no había funcionado. Lucas había parecido contentarse con sus apasionados encuentros, pero para ella no era suficiente. Por mucho que había intentado controlarse y fingir que era una amante glamurosa y despreocupada, había fracasado. La pasión era algo maravilloso, pero a ella le gustaba controlar la situación. Dejar las cosas «abiertas» le había causado todavía más nerviosismo.

Fue hacia el coche con el corazón acelerado. El vestido que se había comprado pensando en Lucas era espectacular y le sentaba muy bien. Era largo, pero tenía una abertura que dejaba al descubierto sus largas y bronceadas piernas. Y el escote drapeado le daba un sensual toque griego y disimulaba la pérdida de peso de las últimas semanas.

Se le encogió el pecho al ver salir del coche a Lucas.

Era un hombre de cuerpo atlético, pestañas oscuras, pómulos marcados, la nariz ligeramente aplastada por haber jugado dos temporadas al rugby, la mandíbula fuerte y los labios bien delineados. A pesar del traje de diseño y del sello de ébano que llevaba en una de las manos, el aspecto de Lucas era de todo menos civilizado. Se lo imaginó desnudo en su cama y se le encogió el estómago.

La miró a los ojos y la idea de mantener la química que sentían en secreto hasta después de la boda pasó a mejor vida. Lo deseaba. Había esperado dos años, contenida por el dolor de Sienna al perder a Constantine. Quería a su hermana y le era completamente leal. Y salir con el hermano de Constantine, más joven y mucho más guapo que este, después de que hubiese dejado Sienna, habría sido toda una traición.

Esa noche, Lucas y ella podrían reconocer públicamente su deseo de estar juntos.

Como relaciones públicas de Ambrosi, sabía muy bien cómo debían hacer las cosas. No habría declaraciones ni celebraciones, al menos, hasta después de la boda de su hermana.

A pesar de que los altos tacones, del mismo color que el vestido, hacían que anduviese con cierta inestabilidad por la gravilla, siguió avanzando por ella y se lanzó a los brazos de Lucas.

Su característico olor a limpio, mezclado con una nota masculina, algo exótica, de sándalo, la invadió e hizo que le diese vueltas la cabeza. O tal vez fuese solo el placer de volver a tocarlo después de dos largos meses.

La fresca brisa del mar le colocó el pelo en la cara al ponerse de puntillas. Lo abrazó por el cuello, apretó el cuerpo contra el suyo, respondiendo instantáneamente a su calor, a sus anchos hombros y a su fuerte cuerpo. Lo vio tomar aire bruscamente, notó cómo se excitaba contra su vientre, y se sintió aliviada.

Unas ridículas lágrimas le empañaron la vista. Llevaba dos meses sin tocarlo, sin besarlo, sin hacerle el amor. Habían sido unos días interminables, mientras había esperado que su molesta úlcera se curase. Largas semanas durante las que había luchado contra la ansiedad que le había causado la enfermedad que había contraído en Tailandia.

Se dio cuenta de que el motivo por el que no le había contado a Lucas las complicaciones derivadas del virus era que le había dado miedo el posible desenlace. A lo largo de los años, Lucas había salido con muchas mujeres impresionantes, así que ella solo había querido que la viese cuando estaba bien.

Lucas la abrazó y su mandíbula le rozó la mejilla, haciendo que Carla se estremeciese automáticamente. Se apoyó en él y llevó los labios a los suyos, pero en vez de besarla, Lucas le quitó los brazos de su cuello. El frío aire llenó el espacio que se hizo entre ambos.

Carla intentó volver a acercarse, pero él la agarró de los brazos.

–Carla –le dijo con voz tensa–. He intentado llamarte. ¿Por qué no has contestado?

Aquella pregunta tan mundana, el tono seco, hicieron que Carla volviese a la Tierra de golpe.

–He apagado el móvil durante la entrevista y luego lo he puesto a cargar.

Lucas apartó las manos de ella, que buscó su teléfono y vio que, con las prisas, se había olvidado de encenderlo.

Lo hizo y vio las llamadas perdidas reflejadas en la pantalla.

–Lo siento –le dijo–. Se me había olvidado encenderlo.

Carla frunció el ceño al ver que Lucas no le respondía. Hizo un esfuerzo por controlar las emociones que habían tenido la temeridad de explotar en su interior y volvió a guardar el teléfono. Tenía que mantenerse tranquila.

Eso podía hacerlo, lo que no podía hacer era dejarse pisotear.

–Siento no haber podido verte antes, pero has estado aquí casi todo el día. Si hubieses querido, habríamos podido quedar a comer.

Un ligero golpe hizo que Carla girase la cabeza. Entonces vio que la puerta del copiloto del Maserati se abría.

Y de ella salía una mujer.

De repente, su corazón se volvió loco. Era una mujer morena, peinada con un moño perfecto, de cuerpo delgado y elegante, enfundado en un precioso vestido de seda color perla.

Carla sintió frío y después calor. De repente, tuvo la sensación de que aquello era una pesadilla.

Lucas y ella habían acordado quedar con otras personas para distraer a la prensa, pero aquel no era el momento ni el lugar.

Nerviosa, Carla completó el movimiento que sabía que Lucas esperaba de ella: retrocedió.

Lo miró fijamente y por primera vez se dio cuenta de que su mirada oscura parecía perdida. Tenía la misma expresión que cuando lo había visto hablar de negocios por teléfono.

Su dolor de cabeza aumentó y se intensificó. Agarró el bolso con fuerza e intentó controlar el infantil impulso de salir corriendo.

Respiró hondo. ¿Otra mujer? Eso no se lo había esperado.

No, no era posible.

Si no hubiese notado cómo reaccionaba Lucas al tocar su cuerpo casi habría podido pensar…

–Creo que ya conoces a Lilah –le dijo este.

–Por supuesto –dijo ella cuando la mujer avanzó y la luz de la entrada la iluminó.

Por supuesto que conocía a Lilah, que era una diseñadora de gran talento. Y Lilah también la conocía a ella y, a juzgar por su comprensiva mirada, sabía cuál era su situación con Lucas.

Carla se sintió confundida. ¿Cómo se había atrevido Lucas a confiar su secreto a alguien sin su permiso? Además, Lilah Cole no era cualquiera. Los Cole habían trabajado para los Ambrosi desde que ella tenía memoria. Y la propia Lilah llevaba cinco años trabajando para ellos, los dos últimos como su principal diseñadora, creando algunas de sus joyas más exclusivas.

Lilah sonrió y la saludó con cautela mientras cerraba la puerta del coche y se acercaba a ellos.

El incómodo silencio se vio interrumpido cuando alguien abrió la puerta del castillo. La luz inundó el exterior y la suave melodía de la música clásica se filtró a través de la bruma de sorpresa que mantenía inmóvil a Carla.

Tomas, el secretario personal de Constantine, habló brevemente en medinio y les hizo un gesto para que entrasen.

Lucas indicó a ambas mujeres con la cabeza que entrasen delante de él. Carla se dirigió hacia las escaleras cual robot, sin importarle que la gravilla le estropease los zapatos. Los había elegido pensando en Lucas, lo mismo que las joyas, el vestido e incluso la ropa interior.

Con cada escalón fue sintiendo la distancia que había entre ellos. Cuando lo vio apoyar la mano en la espalda de Lilah, se le encogió el corazón.

Y Carla se dio cuenta de que acababan de dejarla sin compasión.

Capítulo Dos

Carla se metió un mechón de pelo moreno detrás de la oreja, sintiendo de repente que no iba lo suficientemente peinada para la ocasión, y entró en el centro de lo que a ella le parecía una multitud.

En realidad solo había un puñado de personas en el elegante salón: Tomas; los miembros de la familia Atraeus, incluido Constantine; su hermano pequeño, Zane; y la madre de Lucas, Maria Therese. A un lado, Sienna estaba charlando con la madre de ambas, Margaret Ambrosi.

Sienna, que llevaba un vestido color marfil y que ya parecía una novia, fue la primera en saludarla. El abrazo, el gesto de cariño, a pesar de que habían pasado la mañana juntas, hizo que a Carla se le hiciese un nudo en la garganta.

Sienna le agarró las manos y frunció el ceño.

–¿Estás bien? Te veo un poco pálida.

–Estoy bien, solo un poco acelerada, no esperaba la emboscada de la prensa a la entrada –respondió ella, obligándose a sonreír–. Ya me conoces. Me encanta la publicidad, pero los periodistas han estado como una manada de lobos hambrientos.

Constantine, alto e imponente, la saludo con un rápido abrazo antes de decirle:

–La seguridad tenía que haberlos mantenido a raya.

Su expresión era distante, sus ojos grises, fríos. Al fin y al cabo, había utilizado la coacción económica e incluso había llegado a secuestrar a Sienna para conseguir que volviese con él.

–La seguridad es buena –respondió Carla mientras abrazaba a su madre y luchaba contra el infantil impulso de aferrarse con fuerza a ella.

Si lo hacía, lloraría, y se negaba a llorar en presencia de Lucas.

Un camarero les ofreció champán. Tomó una copa de la bandeja y su mirada se cruzó con la de Lucas. El mensaje que había en los ojos oscuros de este era claro: «No hables. No causes problemas».

Ella le dio un buen trago a la copa.

–Las preguntas que me ha hecho la prensa me han resultado desconcertantes. Aunque estoy segura de que en cuanto han visto llegar a Lucas con Lilah se han aclarado todos los equívocos.

–¿No me digas que intentan resucitar esa vieja historia entre Lucas y tú? –le preguntó su hermana.

–Supongo que es normal que ahora que Constantine y tú tenéis vuestro final feliz quieran sacar algo de la nada.

Sienna arqueó una ceja.

–Entonces, ¿hace falta que les manden un médico?

–En esta ocasión, no –respondió Lucas mientras Carla le daba otro sorbo a su copa–. No olvides que hace dos años el objetivo era yo, no la prensa.

Y de repente, Carla volvió a revivir el pasado. La primera noche de irresistible pasión que habían compartido, seguida por la revelación del acuerdo económico que su padre había utilizado basándose en el compromiso entre Sienna y Constantine y la acusación de Lucas de que a Carla le interesaban más la publicidad y su carrera que él.

–Pero la prensa siempre se ha sentido fascinada por tu vida privada, ¿no?

Lucas apretó un instante la mandíbula.

–Solo cuando alguien les filtra información.

Aquello le dolió a Carla. Dos años antes, herida por sus comentarios, había reaccionado haciendo una declaración en la que dejaba claro que no tenía ningún interés en Lucas. La historia había desatado semanas de incómodas conjeturas acerca de ambos.

Sienna fue a saludar a otros invitados. Con la ira bajo control, Carla observó las elegantes proporciones del salón, los exquisitos suelos de mármol y la rica decoración de estilo italiano.

–¿E impide eso que duermas por las noches?

Lucas la fulminó con la mirada al oír aquello.

–Estoy muy acostumbrado a tratar con la prensa.

–Qué pena que no haya nada que contarles. Eso habría dado mucha publicidad a la próxima colección de Ambrosi –respondió ella, sonriendo de oreja a oreja–. Ya sabes lo que dicen, que cualquier publicidad es buena. Aunque, en este caso, no merecería la pena, ya que implicaría ensuciar mi buen nombre.

–En ese caso, no te preocupes, no soy de los que van alardeando de sus conquistas.

La sensación de desorientación que Carla había tenido durante los últimos minutos se evaporó, dejando paso a la ira.

–Ni de los que se comprometen.

–Fuiste tú quien puso las normas.

De repente, Carla tuvo la sensación de que Lucas estaba mucho más cerca.

–Sabes que no tenía elección.

–Siempre es posible decir la verdad –le dijo él muy serio.

Ella levantó la barbilla.

–Estaba protegiendo a Sienna y a mi familia. ¿Qué querías que hiciera? Aparecer contigo en casa de papá y mamá a cenar un domingo y admitir que estábamos…

–¿Acostándonos?

–Iba a decir, saliendo juntos.

Sienna volvió a acercarse a ellos.

–Tiempo muerto, niños.

Lucas arqueó una ceja y esbozó aquella sonrisa que afectaba tanto a las mujeres.

–Lo siento.

Constantine se acercó y Lucas hizo que Lilah se uniese al grupo.

–Sé que no hace falta que os presente a Lilah.

Hubo un momento de educados saludos y Lilah fue aceptada incondicionalmente en el redil de los Atraeus. El encuentro con Maria Therese fue más formal y subrayaba un hecho destacado y conocido por todos. Los hombres de la familia Atraeus no llevaban a casa a ninguna mujer por casualidad. De hecho, que Carla supiese, era la primera vez que Lucas le presentaba una novia a su madre.

Lilah sonreía, su expresión era contenida, pero era evidente que estaba encantada.

Carla se puso tensa al recordar un segundo hecho destacado. Unos meses antes, con motivo de una feria en Europa, había compartido habitación con Lilah y habían tocado el tema de las relaciones. Con veintinueve años, y a pesar de poseer la típica belleza sensual de las mujeres morenas y con piel clara que tanto atraía a los hombres, Lilah le había contado que era soltera por convicción.

La madre y la abuela de Lilah habían criado a su hija solas y con continuas dificultades económicas. Lilah, que no conocía a su padre, pronto había decidido que no tendría sexo antes del matrimonio. No quería tener que ocuparse sola de un bebé.

Mientras que a Carla le estresaba la idea de encontrar al hombre perfecto, Lilah estaba centrada en casarse con él. Su estrategia era metódica y sistemática. Había dado un paso más allá de la hoja de cálculo de Carla y había desarrollado una lista de atributos tan precisos e inquebrantables como un contrato de trabajo. Además, al contrario que Carla, Lilah se había reservado para el matrimonio. Era virgen.

El mero hecho de que estuviese en Medinos con Lucas, a miles de kilómetros de su apartamento de Sídney y de su riguroso horario de trabajo, lo decía todo.

Lilah no salía con hombres. Carla sabía que en

ocasiones acompañaba a un vecino homosexual a sus cenas profesionales y que este, a su vez, iba con ella a los actos benéficos en los que participaba, pero su relación era solo de amistad, cosa que convenía a ambos. Nada más.

Carla dio otro sorbo al champán. Tenía un nudo en el estómago. De repente, la situación no podía ser más obvia.

Lilah estaba saliendo con Lucas porque lo había escogido. Quería que fuese su marido.

La ira hizo que a Carla le ardiese el estómago. Puso la espalda recta. Su relación con Lucas había estado basada en una serie de normas que eran todo lo contrario a las de Lilah: nada de compromisos, relaciones estrictamente esporádicas y, debido a la contienda entre sus familias, total secretismo.

Una medida cómoda y tentadora para un hombre que jamás había tenido la intención de pedirle que se casara con él.

Los camareros siguieron sirviendo champán y bandejas con minúsculos y deliciosos canapés. Carla se obligó a comer una pequeña tartaleta. Continuó bebiendo champán, que le alivió la tensión de la garganta, pero no pudo hacer desaparecer el profundo dolor.

Lilah Cole era preciosa, elegante y agradable, pero Carla no podía evitar pensar que estaba ocupando su lugar.

Mientras seguían llegando invitados a la fiesta, ella dejó la copa de champán y salió a un enorme balcón de piedra que tenía vistas al mar.

Se sentía incómoda y sola entre la multitud. La brisa la despeinó y jugó con su vestido, dejando al descubierto más pierna de lo que ella había planeado.

Lucas la miró con reprobación, no con el deseo que había hervido entre ambos durante los dos últimos años.

Ruborizada, se colocó el vestido y notó cómo su humor empeoraba al ver a Lilah acercándose a él. A pesar del viento, el pelo de esta seguía perfecto. Su vestido era sutilmente sensual y tenía una pureza clásica que hizo que ella se sintiese barata y chabacana. Las mejillas le ardieron todavía más al recordar lo que llevaba debajo del vestido. Una vez más, no había nada de sutil en su ropa interior.

Se había arriesgado mucho al ir tan llamativa. Después de la distancia de los dos últimos meses, tenía que haber sido más sensata y no haberse delatado de aquella manera. Intentó concentrarse en la luna y en el agua que se extendía debajo del castillo.

Una ráfaga de viento la despeinó un poco más. Temporalmente cegada, se sujetó el vestido. Unos dedos fuertes la agarraron del codo, sujetándola. Y unos ojos oscuros que le eran muy familiares se cruzaron con los suyos. No era Lucas, sino Zane Atraeus.

—Te tengo. Ven aquí, lejos del viento, antes de que se te lleve.

Zane tenía la voz profunda y melosa, y su acento era más estadounidense que merinio, ya que su madre era de California y había crecido allí. Debido a su pasado, con muchos altibajos, y a su reputación de mujeriego, Zane era, de los tres, el más cercano, y Carla no pudo evitar preguntarse por qué no se habría enamorado de él y no de Lucas.

–Gracias por rescatarme.

Él la miró de manera enigmática.

–Las damiselas en peligro siempre han sido mi especialidad.

Carla se ruborizó un poco más. Su sospecha de que Zane no se estaba refiriendo solo al viento, de que sabía lo suyo con Lucas, se confirmó.

Él la llevó hasta una pared de piedra.

–¿Te traigo una copa?

–¿Por qué no? –preguntó ella, mirando hacia donde estaba Lucas.

Este tenía un brazo apoyado en el parapeto de piedra que había detrás de Lilah y su postura era masculina y protectora. Era evidente que reclamaba su derecho sobre ella, aunque no la estuviese tocando.

Carla no pudo evitar sentirse ligeramente esperanzada al ver aquella distancia. Ya no tenía tan claro que fuesen pareja.

Un camarero pasó por allí y Zane le dio otra copa de champán.

–¿Crees que se han acostado juntos?

Carla se quedó inmóvil al oír la pregunta. El champán le mojó los dedos y apartó la vista de Lucas para clavarla en su hermano.

–No sé por qué me haces esa pregunta.

Zane, que no se había molestado en tomar una

copa, la miró fijamente, haciendo que se sintiese humillada. Lo sabía.

–No te preocupes, lo he averiguado por casualidad –le dijo él después de unos segundos.

Ella se sintió aliviada. Entonces, se dio cuenta de cómo miraba Zane a Lilah.

–Te gusta.

–Si estuviese en el mercado del matrimonio, tal vez.

–Entonces, no lo estás.

Zane volvió a mirarla.

–No. ¿Te interesa el arte?

El repentino cambio de tema de conversación la sorprendió.

–Sí.

–Si quieres, puedo enseñarte la galería de los golfos.

–Me encantaría ver de cerca los retratos de la familia.

Cualquier cosa con tal de salir de aquel balcón.

–Hazme solo un favor. Pon el brazo alrededor de mi cintura.

–¿Y hago que se vea bien?

Carla levantó una pizca la barbilla.

–Si no te importa.

Lucas la observó mientras le daba su copa a un camarero y después permitía que Zane la agarrase por la cintura. Al pasar por su lado, la sorprendió verlo celoso.

Eso la confundió. En realidad, no había pretendido ponerlo celoso, sino protegerse. Que Lucas estuviese celoso no tenía sentido, salvo si seguía deseándola. ¿Y cómo era eso posible si ya había escogido a otra mujer?

Carla se sintió aliviada cuando, nada más salir de la terraza, Zane bajó el brazo. Recorrieron una serie de pasillos y llegaron a la galería de los retratos.

Los hombres tenían todos mandíbulas fuertes y perfiles aquilinos. Y las mujeres parecían ángeles de Botticelli: bellas, recatadas, virginales.

–Ya ves, es una mezcla de pecadores y santas. Al parecer, cuanto más maleantes eran los hombres Atraeus, más deseaban tener a su lado a una santa.

Carla oyó pasos y se le aceleró el corazón, estaba casi segura de que se trataba de Lucas.

–¿Y sigue siendo así en la actualidad?

Zane se encogió de hombros.

–No puedo hablar por mis hermanos. No soy el típico hombre Atraeus.

–Pero la idea de una novia pura sigue siendo atractiva.

–Tal vez –admitió Zane sonriendo–. Aunque siempre estoy dispuesto a dejarme convencer de que una pecadora es mejor.

–Porque eso no implica un compromiso, ¿verdad?

Zane arqueó las cejas.

–¿Cómo hemos pasado a hablar de compromiso?

Un brusco silencio se hizo de repente, como si la persona que acababa de entrar en la galería los hubiese visto y se hubiese detenido.

El corazón se le aceleró al ver el reflejo de Lucas en una de las ventanas. Impulsivamente, se acercó a Zane e inclinó la cabeza de manera coqueta, provocadora. Estaba jugando con fuego porque Zane tenía fama de aprovechar cualquier oportunidad.

Lucas se pondría furioso. Si estaba celoso, su comportamiento terminaría con cualquier sentimiento que todavía tuviese por ella, pero a Carla le daba igual. Él también le había hecho daño.

–Si es una invitación, la respuesta es sí.

Zane la miró sorprendido.

Pero eso dio igual, porque Lucas se estaba acercando a ellos. Carla apretó los dientes y tiró a Zane de la corbata, cuyos labios quedaron a escasos centímetros de los de ella.

–Sé lo que estás haciendo –le dijo este.

–Al menos, podrías sentirte tentado.

–Lo estoy intentando.

–Inténtalo más.

–Tienes una personalidad de tipo A. No me extraña que haya preferido a Lilah.

–¿Tan evidente es? –le preguntó ella.

–Solo para mí, que también estoy obsesionado con controlarlo todo.

–Yo no estoy obsesionada con controlarlo todo.

Él le apartó la mano de su corbata.

–Lo que tú digas.

Carla tuvo que retroceder y, al hacerlo, estuvo a punto de chocar con Lucas.

Este le clavó su fiera mirada en el escote y en la boca. Carla tuvo la impresión de que la miraba con deseo. De hecho, estaba casi segura de que la habría besado si Zane no hubiese estado allí.

–¿Qué te propones? –le preguntó a Carla.

–No me propongo nada –replicó ella en tono amargo–. Zane me estaba enseñando los cuadros.

–Ten cuidado –intervino este, mirando a Lucas–. Podría pensar que te interesa Carla, y eso no es posible, ya que estás saliendo con la encantadora Lilah.

Carla notó la tensión entre los dos hermanos y no la entendió.

Con la espalda muy recta, mantuvo la vista clavada en la mandíbula de Zane. No le había gustado tener que comportarse así, pero al menos había conseguido comprobar que Lucas seguía deseándola. Aunque lo que no sabía era por qué no quería una relación estable con ella, por qué había mantenido siempre las distancias y después le había dado a Lilah todo lo que ella necesitaba: amor, compañía y un compromiso.

–No te preocupes, lo mío con Lucas es agua pasada –le dijo a Zane–. Si no, en estos momentos estaríamos juntos.

–Mientras que el objetivo de Lilah es el matrimonio –comentó Zane en voz baja.

–Márchate –le dijo su hermano con el ceño fruncido.

Aquello volvió a confundir a Carla, que entonces pensó que tal vez la relación entre Lucas y Lilah no fuese tan seria. Esta quería casarse, pero que lo quisiera no significaba que fuese a ocurrir.

–Te acompañaré de vuelta a la fiesta. Servirán la cena en un cuarto de hora –le dijo Lucas.

Era evidente que estaba celoso.

La idea le gustó a Carla, pero, por primera vez en dos años, que Lucas la desease ya no era una prioridad. Sus normas habían cambiado. En adelante, solo se conformaría con un compromiso.

–No. Ya estoy acompañada. Zane me llevará de vuelta a la fiesta.

Por un momento, Carla pensó que Lucas iba a protestar, pero lo vio asentir y mirar a su hermano fijamente, con frialdad. No quería estar con ella, pero tampoco quería que Zane se le acercase.

Y si ya no quería estar con ella, si lo suyo se había terminado de verdad, ¿por qué había ido a buscarla?

Capítulo Tres

Lucas entró en sus habitaciones y dio un portazo. Abrió unas puertas dobles de cristal y salió al balcón. El viento lo sacudió y él intentó concentrarse en el ruido de las olas golpeando contra el acantilado que tenía delante mientras esperaba a que el destructivo deseo de recuperar a Carla se calmase.

Oyó vibrar su teléfono móvil y entró a la habitación. Era Lilah, que debía de estar preguntándose dónde estaba.

Con la mandíbula apretada, dejó que saltase el buzón de voz. No podía hablar con Lilah mientras pensaba en otra mujer. Además, con una relación basada en unas llamadas y un par de conversaciones, la mayoría de trabajo, lo cierto era que no tenían nada que decirse.

El teléfono dejó de vibrar y él miró el periódico que había dejado encima de la mesita del café, el que había leído durante el vuelo de Nueva York a Medinos. Estaba abierto por las páginas de Sociedad y había una fotografía de Carla como «rostro» de Ambrosi Pearls, a la que emparejaban con uno de sus rivales, otro empresario multimillonario.

Habían estado dos meses sin verse, pero era evidente que ella no lo había echado de menos.

Intentó recordarse el motivo por el que no tenía que haber tocado jamás a Carla Ambrosi, pero se dio cuenta de que aquel viejo dolor y la culpabilidad no eran suficientes para enterrar el impulso de implicarse todavía más en otra atracción fatal.

Después de conocer a Carla, se había apartado de la rígida disciplina que él mismo se había impuesto después de la muerte de Sophie.

El accidente no había sido culpa suya, pero seguía torturándose con la discusión que había hecho que Sophie se subiese al coche después de que él se hubiese enterado de que había abortado.

Sophie era bella, testaruda y adepta a manejarlo a su antojo. Él tenía que haberle quitado las llaves del coche. Tenía que haber controlado la situación. Había fracasado en protegerla.

Para empezar, nunca tenían que haber estado juntos. Él había sido un hombre disciplinado, centrado en su trabajo y decidido a formar una familia. Ella, una vividora.

Llamó a Carla, que no respondió al teléfono.

Tenía que haberlo oído. Salvo que estuviese ocupada. Con Zane.

El estómago se le cerró al volver a ver a Carla en su mente, preciosa, de rojo, agarrando a Zane por la corbata, a punto de besarlo.

No se fiaba de su hermano.

Saltó el buzón de voz de Carla, que hablaba en tono rápido y enérgico, profesional, que no le pegaba nada a una mujer de un aspecto tan sexy y femenino.

Durante los dos meses que había estado en los Estados Unidos, se había contenido para no llamarla. Había necesitado distanciarse de una relación que, durante unos días intensos en Tailandia, había superado una barrera invisible y se había convertido en algo demasiado íntimo. Algo demasiado parecido a su relación con Sophie.

Ella, por su parte, solo le había enviado un mensaje de texto y le había dejado otro en el móvil, a los que él había respondido. Unas semanas antes, la había visto brevemente, a lo lejos, en el funeral de su padre, pero no habían hablado.

Ese era el segundo motivo por el que no debía implicarse con Carla.

Había sido ella quien había puesto las normas de su relación: una aventura sin compromisos, que debían guardar en secreto debido al escándalo que sus familias habían protagonizado.

A Lucas no se le daba bien guardar secretos, pero como no había planeado que aquello se convirtiese en algo serio, tampoco le había parecido mal seguir el plan de Carla. Él vivía en los Estados Unidos. Ella, en Sídney. No habrían podido tener una relación seria ni aunque hubiesen querido.

Lucas terminó la llamada, molesto consigo mismo por no haberlo hecho antes.

Muy serio, clavó la mirada en el mar. Lo mejor era que Carla no respondiese al teléfono.

Volvió a mirar el periódico, estudió al empresario griego que rodeaba a Carla por la cintura y volvió a sentir celos.

Alex Panopoulos, un archirrival en los negocios y un conocido conquistador.

Carla y él habían acordado ser abiertos. Ambos eran libres para salir con otras personas. Igual que él, Carla había salido con otros hombres por motivos profesionales, aunque, por el momento, Lucas no había conseguido incluir a ninguna mujer en su vida de una manera que no fuese estrictamente platónica.

Panopoulos estaba invitado a la boda del día siguiente.

Fue al a cocina y tiró el periódico a la basura. Pensó que iba a tener que ahuyentar al griego también y apretó la mandíbula.

Supuso que tenía que dar gracias de que Carla pareciese sentirse atraída por Zane y no por Panopoulos.

Hasta entonces, a Zane lo había podido controlar. Y si se pasaba de la raya, siempre existiría la opción de arreglar las cosas a la antigua usanza, en la playa y sin público.

Carla estuvo aturdida durante la cena. Conversó educadamente, sonrió cuando debía hacerlo y evitó mirar a Lucas. Por desgracia, y dado que lo tenía sentado casi en frente, no pudo olvidarse de su presencia.

Cuando llegó el postre, se lo comió dividida entre una tristeza que amenazaba con hundirla y la necesidad de dar una imagen de normalidad. Hasta entonces no se había dado cuenta de cuánto vino había bebido.

No estaba borracha, pero el alcohol, así como parte de la comida que había tomado, no le sentaban nada bien a su úlcera. De hecho, se suponía que no podía beber.

Dejó la cuchara, tomó el bolso y se disculpó antes de dirigirse al cuarto de baño. Preguntó a un camarero, que le indicó dónde estaba el más cercano, pero como no hablaba bien el idioma, se equivocó de camino.

Después de recorrer un largo pasillo y de abrir varias puertas que no conducían a ningún baño, abrió otra y se encontró en una terraza con vistas al mar. Se encogió de hombros y pensó que aquello le podía servir, porque solo necesitaba algo de privacidad para tomarse el cóctel de pastillas que le había recetado el médico, así que salió a la terraza.

El aire ya no era tan fuerte como un rato antes y la noche estaba tranquila, olía a los pinos y al romero que crecía salvaje en las colinas. La luna llena teñía de dorado el horizonte.

Dejó el bolso en el suelo y buscó las pastillas, las sacó de su envoltorio y se las tragó sin más.

Después volvió a guardar los envoltorios en su bolso y se estaba incorporando cuando vio que se abría la puerta que daba a la terraza. El corazón se le encogió al reconocer a Lucas.

–¿No estarías esperando a Zane?
–Si así fuera, no sería asunto tuyo.
–Zane no te va a dar lo que tú quieres.

Carla tragó saliva.

–¿Una relación amorosa? ¿El tipo de relación que pensaba que tú y yo podíamos tener?

Él ignoró sus preguntas.

–Deberías volver al comedor.

La monotonía de la voz de Lucas la sorprendió. Siempre había sido un hombre apasionado, divertido e inesperadamente tierno. Era la primera vez que veía aquella cara de él.

–Voy a esperar un poco. Me duele la cabeza y necesito tomar un poco el aire –le contestó, cosa que era cierta, girándose hacia el mar.

–¿Cómo has sabido dónde estaban mis habitaciones? –le preguntó él.

Carla se giró, sorprendida por lo cerca que lo tenía y por lo que le acababa de decir.

–No lo sabía. Estaba buscando un baño. Supongo que me he equivocado.

Él la miró con frialdad, como si no la creyese. La esperanza de que le dijese que había cometido un error y que quería que volviese con él se esfumó de repente.

Y como era evidente que no se iba a marchar de allí hasta que ella no lo hiciese, Carla tomó su bolso y fue hacia la puerta.

–Siento que te hayas enterado así. Intenté verte antes de la cena.

A ella se le aceleró el corazón.

–Podías habérmelo contado cuando te llamé para decirte que no podíamos vernos. Al menos, podías haberme mandado un mensaje.

Él arqueó las cejas.

–No acostumbro a romper relaciones por teléfono o mensaje. Quería decírtelo a la cara.

–¿Habéis volado juntos Lilah y tú?

–No, ella ha llegado esta tarde.

Eso hizo que Carla se sintiese aliviada. Lilah no había estado con Lucas en la limusina.

Era un detalle insignificante, pero que a Carla le parecía importante, porque cuando había visto la limusina había soñado con la vida que podrían haber compartido.

Lucas la miró a los ojos.

–Antes de que vuelvas a entrar, necesito que me digas si pretendes contarle nuestra aventura a la prensa.

Carla levantó la barbilla. Durante dos años, había creído tener una relación con él.

–He venido a la boda de Sienna. Es su día y no pretendo estropeárselo.

–Bien, porque si intentas provocarme sacando esto a la luz, ya te advierto que no estoy jugando.

Carla lo entendió de repente. Había estado tan concentrada en la publicidad de la última colección de Ambrosi y en todos los preparativos de la boda de Sienna que no había tenido casi tiempo de dormir, mucho menos de pensar. Cuando Sienna se casase con Constantine, ella estaría inextricablemente unida a la familia Atraeus. Una familia muy tradicional. Si se descubría que Lucas y ella habían estado dos años viéndose en secreto, lo presionarían para que se casasen.

Entonces entendió la pregunta acerca de cómo había sabido que aquella era su habitación.

¿Qué mejor manera de obligarlo a comprometerse que conseguir que los sorprendiesen juntos en sus habitaciones? Se sintió enfadada y avergonzada al darse cuenta de que Lucas la había creído capaz de caer tan bajo.

–No lo había visto desde ese ángulo.

¿Cómo iba a hacerlo, si había dado por hecho que seguía gustándole a Lucas?

Él ignoró su comentario.

–Si lo que quieres es casarte, no lo conseguirás presionándome.

Lo que significaba que Lucas había considerado las diferentes maneras en las que podía intentar obligarlo a pasar por el altar. Carla respiró hondo, dolida.

–¿Cuándo he dicho yo que quisiera casarme?

Él la miró fijamente.

–Entonces, ¿estamos de acuerdo?

–Eso parece –respondió ella, obligándose a sonreír–. No me casaría contigo ni aunque me llevases a rastras a la iglesia. ¿Llegaste a quererme?

Él se quedó inmóvil.

–Lo nuestro no era precisamente amor.

Carla se dio cuenta de que había sido una tonta.

–Hay algo más de lo que tenemos que hablar –añadió Lucas.

–En ese caso, tendrá que esperar. Me duele mucho la cabeza –le respondió ella, buscando en su bolso los analgésicos.

Al hacerlo, cayó al suelo el envoltorio de las otras pastillas.

Lucas lo recogió del suelo antes de que ella pudiese hacerlo.

–¿Para qué son? –preguntó, leyendo la etiqueta–. ¿Desde cuándo tienes dolores de cabeza?

Ella le quitó las pastillas de la mano.

–Desde que tuve el virus en Tailandia.

Sacó un par de analgésicos y se los tragó haciendo una mueca. Necesitaba un vaso de agua.

Lucas frunció el ceño.

–No sabía que siguieses teniendo problemas.

Ella se metió las pastillas restantes en el bolso.

–Nunca te has molestado en preguntar.

Y lo último que quería era que Lucas se enterase que había estado tan estresada con la naturaleza incierta de su relación que la úlcera con la que había empezado dos años antes se había agravado todavía más.

Después del distanciamiento que había habido entre ambos en Tailandia, no había querido darle ningún motivo para que rompiese con ella. Le había costado mucho esfuerzo no llamarlo, pero en esos momentos se alegraba de no haberle contado lo enferma que había estado en realidad. Al menos, había conseguido que Lucas no entrase en aquel pequeño rincón de su vida.

Su comportamiento durante los últimos dos meses hizo que se sintiese como una tonta. Si Lucas hubiese querido estar con ella, habría buscado ocasiones para verla.

Sintió frío en el estómago al darse cuenta de que su relación se había ido a pique en Tailandia. A Lucas no le había gustado cruzar la frontera de las emociones, solo había querido tener una amante guapa y cariñosa, sexo sin complicaciones.

–Estás pálida y tienes las pupilas dilatadas. Te llevaré a casa.

–No –le dijo ella, rodeándole para dirigirse a la puerta–. Puedo conducir. Lo último que quiero es pasar más tiempo contigo.

–Qué pena –contestó él, agarrándola del brazo mientras ambos salían al pasillo–. Te has tomado un par de copas de vino y, ahora, un fuerte analgésico. Lo último que deberías hacer es ponerte al volante de ese coche deportivo.

Ella lo miró con frialdad.

–O hablar con los *paparazzi* que esperan en la puerta.

–En estos momentos son las curvas de la carretera las que me preocupan.

–¿Qué piensas que voy a hacer, Lucas? ¿Caerme por un acantilado?

Él la soltó de repente. Ella se apartó y abrió la puerta de la habitación en la que había estado antes, pensando que sería un baño. Al parecer, era la habitación de Lucas. Territorio prohibido.

Abrió la puerta y entró. Iba a demostrarle a Lucas que al menos uno de sus miedos era fundado.

Durante unos minutos, iba a ser la Carla controladora y tensa.

Iba a portarse mal.

Capítulo Cuatro

El miedo que lo había paralizado al imaginarse a Carla conduciendo por las estrechas carreteras de Medinos se convirtió en frustración al verla entrar en su habitación.

Lucas se preguntó dónde había ido a parar la serenidad con la que había empezado la velada.

Sabía que, en los negocios, su sola presencia inspiraba miedo real a algunas personas, incluso a sus trabajadores.

Por desgracia, Carla Ambrosi no entendía los conceptos de poder, control y disciplina.

Cerró la puerta tras de él.

–¿Qué crees que estás haciendo?

Ella se detuvo al lado de un armario en el que había varias botellas, una jarra de agua fría y una bandeja con vasos.

–Necesito una copa.

Lucas oyó golpear los hielos contra el cristal y cómo caía el líquido en la copa, y su frustración aumentó. Carla no solía beber y, cuando lo hacía, era siempre con moderación. Esa noche había tomado champán y vino con la cena. Él había estado atento a lo que tomaba, sobre todo, para poder intervenir si corría el peligro de beber demasiado y montar una escena. Había estado buscando la oportunidad de hablar con ella, y esta se le había presentado a mitad del postre. Hasta ese momento, no estaba borracha.

Llegó hasta donde estaba de dos zancadas y la agarró de la muñeca.

–¿Cuánto has bebido ya?

El líquido le manchó el vestido y Lucas apartó la vista para no clavarla en la curva de sus pechos.

Ella entrecerró los ojos. Un segundo después era el pecho de él el que estaba completamente empapado.

De agua, no de alcohol.

El tiempo pareció detenerse mientras él la miraba a los ojos, estudiaba sus marcados pómulos, su firme barbilla, el pulso que le latía en la garganta.

Casi ni oyó el golpe de la copa sobre la gruesa alfombra. Carla lo agarró por la solapa.

–¿Qué estás haciendo? –le preguntó él con voz ronca.

–Un experimento.

Carla lo abrazó por el cuello, se puso de puntillas y, automáticamente, Lucas inclinó la cabeza. Se dio cuenta del error en cuanto sus labios se tocaron y notó su pecho apoyado en el de él, la suave curva de su abdomen descansando en su erección.

La agarró por la cintura y profundizó el beso. Su suave y exótico perfume lo embriagó y el deseo aumentó. Dos meses. Había decidido terminar con Carla, pero no sabía cómo había podido estar sin verla.

Nadie tenía aquel efecto en él. Nadie se le acercaba tanto. Decir que había hecho el amor con ella no hacía justicia al anhelo ni a la salvaje emoción que lo invadía cada vez que se permitía pasar algo de tiempo en su cama.

Después de la tragedia de Sophie, había sido claro y frío con sus relaciones, tan disciplinado como su horario de trabajo y sus rutinas de entrenamiento. Había estado demasiado neurótico para hacer otra cosa. Carla era la antítesis de las mujeres sofisticadas y emocionalmente seguras con las que solía salir.

Se apartó de ella, se quitó la chaqueta y volvió a la suavidad de sus labios. Notó sus dedos en los botones de la camisa y, poco después, sus manos en el pecho.

Pasaron varios minutos durante los que solo la besó, reaprendió su tacto, su sabor. Cuando Carla se apretó nerviosa contra él, apoyó las manos en su espalda, sabiendo por instinto que, si se iba a apartar, aquel sería el momento.

Sus miradas se cruzaron y Lucas registró su consentimiento. Pensó que si hubiese sido un caballero de verdad, se habría apartado para ir más despacio. En su lugar, cedió a la tentación, le apretó los pechos a través del vestido. Ella arqueó la espalda y gimió. Lucas sintió que lo invadía el calor al darse cuenta de que le había causado un orgasmo.

Entonces la tomó en brazos y la llevó hasta el sofá. Ella lo abrazó por el cuello para que se tumbase también. En un momento dado, Lucas se quedó sin camisa y Carla se contoneó contra él, levantándose unos centímetros para que pudiese quitarle las minúsculas braguitas de seda y encaje.

Lucas se desabrochó los pantalones y, en lo más recóndito de su mente, reconoció que no tenía ningún preservativo. Un segundo después, Carla lo acarició y él dejó de pensar.

Carla se derritió de placer mientras Lucas la agarraba por las caderas. Todavía aturdida por la inesperada fuerza de su clímax, levantó las caderas para ayudarlo. Entonces se dio cuenta de que no había preservativo.

No lo había pensado. Después se daría cuenta de que no había querido preguntarlo. Se había dejado llevar por las sensaciones y por la convicción de que si se alejaba de Lucas en ese momento, todo lo que habían compartido, todo lo que habían sido el uno para el otro, se perdería. No volvería a tocarlo, a besarlo ni a hacerle el amor, y eso era muy doloroso.

Aquello no estaba bien en ningún caso. Lucas había roto con ella. Había preferido a otra.

La miró a los ojos y aquel calor constante, concentrado, que le era tan familiar, como si fuese la única mujer del mundo para él, la tranquilizó.

Con el pecho encogido de la emoción, notó cómo el placer volvía a intensificarse unido al de Lucas. Supo que debía apartarse de él.

No tenía lógica hacer el amor con Lucas, sobre todo, sin preservativo, pero la idea de parar en ese momento se difuminó en su mente.

No quería apartarse. Le encantaba hacer el amor con Lucas. Le encantaba su olor, la suavidad de su piel, la belleza masculina de su cuerpo, sus músculos. La ternura con la que la tocaba, la besaba y le hacía el amor era indescriptible. Nunca había hecho el amor con otro hombre y, cuando estaban juntos, en esos momentos, era suya.

La mirada de Lucas cambió, murmuró algo en su lengua materna, una disculpa por haber perdido el control y un hilo de esperanza hizo que Carla se pusiese tensa. Si Lucas la había deseado tanto como para no contenerse a pesar de la falta de protección, tenía que haber un futuro para ellos.

Lucas gimió y enredó los dedos un su pelo antes de inclinarse a besarla. Ella se relajó. Lo abrazó por el cuello y lo apretó con fuerza contra su cuerpo.

Se quedaron así unos minutos. Carla notó el cosquilleo y el calor posteriores al coito. Habían pasado dos meses desde la última vez que habían estado juntos.

Le pasó las manos por la espalda y notó su respuesta instantánea.

Lucas levantó la cabeza de su hombro. La repentina cautela de su mirada reflejaba los pensamientos de Carla. Habían tenido sexo sin protección una vez. ¿Iba a cometer dos veces el mismo error?

Un golpe en la puerta hizo que se separasen del todo.

–Espera –le dijo Lucas en voz baja.

Ella notó frío y se tapó los muslos con el vestido. Sintiéndose aturdida y culpable, se puso en pie, recogió sus braguitas y su bolso y encontró sus zapatos.

–El baño es la segunda puerta de la izquierda.

Carla levantó la vista al oír su voz ronca, pero la expresión de Lucas volvía a ser reservada; su mirada, neutra.

Ya estaba vestido. Tenía la camisa abrochada, la chaqueta puesta y ni siquiera se había despeinado. Estaba exactamente igual que antes de hacerle el amor. Y el pequeño hilo de esperanza al que se había aferrado Carla mientras hacían el amor se rompió de repente.

Nada había cambiado. ¿Cuántas veces lo había visto distanciarse así al marcharse de su casa, como si se hubiese separado emocionalmente de ella?

Como si lo que habían compartido formase parte del pasado y no tuviese cabida en su vida diaria.

El momento fue desalentador, una dura vuelta a la realidad.

–No te preocupes, lo encontraré. Yo tampoco quiero que nadie sepa que he estado aquí –le respondió.

Su voz también era ronca, pero firme. A pesar del dolor, se notaba distante.

Entró en el cuarto de baño y cerró la puerta. Se refrescó y se retocó el maquillaje.

Un golpe en la puerta la sobresaltó, haciendo que se manchase de rímel.

–Cuando estés preparada, te llevaré a casa.

–Dame cinco minutos y me iré sola.

Cuando salió del cuarto de baño el salón estaba

43

vacío. Por primera vez, Carla se fijó en las antigüe-
dades y en las alfombras, en los cuadros que deco-
raban las paredes y que estaban iluminados.

Lucas entró de la terraza a través de unas elegantes puertas de cristal.

Ella lo miró fijamente a los ojos.

–¿Quién era?

–Lilah.

–¿Me ha visto?

–Por desgracia, sí.

La respuesta de Lucas la enfadó.

–¿Y si me he quedado embarazada?

–Eso cambiaría las cosas… hablaríamos. Hasta
que no lo sepas, olvidaremos que esto ha ocurrido.

Cuando Carla se despertó a la mañana siguiente, todavía le dolía la cabeza y estaba pálida. Se dio
una ducha y se lavó el pelo. Mientras se enjabona-
ba, se quedó bajo el chorro de agua caliente y esperó a sentirse mejor.

Apoyó la mano en su vientre plano y la posibilidad de haberse quedado embarazada la desorientó.

Un bebé.

La idea la sorprendió tanto como el hecho de
haber sido lo suficientemente débil como para permitir que Lucas le hiciese el amor.

Decidió que si se había quedado embarazada,
no abortaría. Le encantaban los bebés.

Decisión tomada. Si se había quedado embarazada, tendría al niño sola. Lucas no tendría nada

que ver. No podía casarse con él sin amor, ni estaría dispuesta a mantenerse en una segunda línea en su vida mientras se casaba con otra.

Cerró el grifo, se secó con una toalla, se puso un vestido y bajó a desayunar. Sentía algo de náuseas y no tenía nada de apetito, pero se obligó a comer uno de esos bollitos típicos de Medinos que tanto le habían gustado el día anterior.

Media hora después fue a ver a Sienna, a la que estaban acicalando, y fue a ponerse el exquisito vestido de seda lila que había comprado para la ocasión. El peluquero le hizo un recogido y después pasó a que la maquillasen.

Varias horas más tarde, transcurrida la ceremonia y con el baile empezado, por fin llegó el momento de levantarse de la mesa nupcial. Se suponía que su pareja durante la celebración era Lucas, ya que ambos eran los testigos, pero, por suerte, estaba sentado al otro lado de la mesa, así que casi no lo había visto en toda la noche.

Se puso en pie y fue a tomar su bolso, que había colgado del respaldo de la silla, y unos dedos largos y morenos le agarraron la mano, impidiéndoselo.

Ella se sobresaltó y Lucas la soltó casi de inmediato.

Luego le señaló a Constantine y Sienna, que ya estaban en la pista de baile.

–Sé que es probable que no te apetezca bailar, pero la tradición exige que seamos los siguientes.

Ella apartó la vista de su rostro y le dijo:

–¿Y eso es lo que tú haces? ¿Seguir la tradición?

Lucas esperó pacientemente a que accediese a bailar.

—Ya sabes que no.

Era cierto. A pesar de ser un hombre rico y privilegiado, Lucas había hecho varias cosas poco convencionales en su vida. Una de ellas era jugar al rugby profesional. Carla miró su nariz, ligeramente aplastada. Y no pudo evitar sentir una punzada de deseo, ya que aquel detalle le daba un toque peligroso y sexy a las que, de otro modo, habrían sido unas facciones perfectas.

Lucas la miró a los ojos y, de repente, la atracción fue mutua.

A Carla se le cortó la respiración.

Consciente de que los demás invitados los estaban mirando, Lilah incluida, Carla apoyó la mano en el brazo de Lucas y le permitió que la guiase hasta la pista de baile.

El aliento de este la acarició al abrazarla.

—¿Qué posibilidades hay de que estés embarazada?

Ella se puso tensa, pero siguió bailando.

—Pocas.

Desde que había enfermado en Tailandia su ciclo había dejado de ser regular, sobre todo, porque había perdido mucho peso. Había engordado algo desde entonces, pero seguía sin tener el periodo. Aunque eso no iba a contárselo a Lucas.

—¿Cuándo lo sabrás?

—No estoy segura. Dentro de unas dos semanas.

—En cuanto lo sepas, quiero que me informes,

aunque eso no será un problema. A partir de la semana que viene, seré el nuevo director ejecutivo de Ambrosi.

Ella tropezó. Lucas la agarró con más fuerza y a Carla le ardieron las mejillas.

—Pensé que iba a ser Ben Vitalis.

La especialidad de Lucas eran las adquisiciones hostiles. Dado que la familia de Carla, acosada por las deudas, había ofrecido al Grupo Atraeus una participación mayoritaria en Ambrosi Pearls, la situación era clara. Lucas no tenía por qué haberse acercado a Ambrosi.

Salvo que la considerase a ella un problema.

Carla levantó la barbilla y tuvo otra idea.

—Le has contado lo nuestro a Constantine.

Él arqueó las cejas.

—No.

Aquello la alivió. Si Lucas hubiese contado su relación después de terminada, se habría sentido todavía más barata. Tomó aire.

—¿Cuándo se ha tomado la decisión? —le preguntó.

—Hace unas semanas, cuando supimos que Ambrosi tenía problemas.

—No hace falta que vengas a Sídney. En el hipotético caso de que me haya quedado embarazada, te contactaré.

Él la miró con impaciencia.

—La decisión ya está tomada.

Era evidente que Lucas pensaba que podía estar embarazada.

La música se detuvo y Carla permitió que este la acompañase fuera de la pista.

El resto de la noche pasó sin que se diese cuenta. Carla bailó con varios hombres a los que no conocía, y dos veces con Alex Panopoulos, un cliente de Ambrosi con el que trabajaba mucho en Sídney. Era el rico propietario de una cadena de tiendas de gran calidad y un mujeriego. Lucas los interrumpió.

La miró a los ojos y la hizo girar.

–¿Se puede saber qué estás haciendo con Panopoulos? –le preguntó.

–No es asunto tuyo. ¿Qué pasa? ¿Te asusta que pueda conocer a un hombre dispuesto a casarse conmigo?

–Alex Panopoulos es muy listo. Cuando se case, lo hará por interés.

Él la agarró con más fuerza.

–No tiene buena fama con las mujeres.

–Me sorprende que pienses que necesito protección.

–Estoy seguro de que no quieres nada con Panopoulos.

–A lo mejor era él el que quería algo de mí que no tenía nada que ver con el sexo. De ahora en adelante, con quién esté yo no es asunto tuyo.

–Lo es si te has quedado embarazada.

–A lo mejor yo también tengo algo que decir al respecto.

Capítulo Cinco

Lucas se apoyó contra una pared mientras observaba el momento del lanzamiento del ramo.

Zane se acercó a él y señaló a Carla con un gesto de cabeza.

–No ha sido tu mejor momento, pero si no la hubieses rescatado tú, lo habría hecho yo.

–Como toques a Carla, te corto la mano.

Zane le dio un sorbo a su cerveza.

–Eso me parecía.

Lucas miró a su hermano pequeño con irritación.

–¿Desde cuándo lo sabías?

–Desde hace más o menos un año.

El ramo voló por los aires directo a las manos de Carla. Lucas apretó la mandíbula. Carla fue a su mesa, recogió su bolso y salió del salón de baile del castillo.

Lucas miró a Zane.

–Hazme un favor y cuida de Lilah durante el resto de la noche.

Zane lo miró con expresión de sorpresa.

–A ver si lo he entendido bien. No quieres que me acerque a Carla, ¿pero si me acerco a Lilah no pasa nada?

Lucas frunció el ceño, pero tenía la mirada clavada en la elegante espalda de Carla.

–La fiesta casi ha terminado. Durará como mucho una hora más. Necesitará que la lleven a casa –añadió Lucas, mirando con impaciencia hacia el pasillo vacío.

–No te preocupes –le dijo Zane antes de tomar su cerveza y marcharse.

Lucas se apartó de la pared y siguió a Carla bajo la atenta mirada de su madre y de un grupo de tías abuelas de pelo cano.

Gimió en silencio, molesto por haber bajado la guardia lo suficiente para que no solo Zane, sino también su madre, se hubiese dado cuenta de su interés por Carla. Lo último que necesitaba era que esta interfiriese en su vida amorosa.

Unos segundos después, salió del castillo, justo en el momento en que el helicóptero en el que se marchaban Constantine y Sienna despegaba.

El sol se había puesto, la noche estaba estrellada, pero el suelo seguía irradiando calor. La temperatura era tan alta que se sentía incómodo con la chaqueta del traje puesta.

La brisa marina había arrancado varios mechones oscuros del recogido de Carla, dándole un aspecto muy sexy, y además hacía que el vestido se le pegase al cuerpo, evidenciando su pérdida de peso.

Lucas frunció el ceño todavía más. Carla, a la que le gustaba ir al gimnasio, siempre había estado en forma, pero con curvas. Las curvas seguían estando allí, pero había perdido por lo menos una talla. A esas alturas tenía que haber recuperado ya el peso perdido a causa del virus.

Carla se giró al oír crujir la gravilla a sus espaldas. Lucas se asustó al ver que tenía la mirada perdida.

No era una mujer que soliese estar triste. Siempre había estado segura de sí misma, había sido atrevida y le había gustado utilizar sus encantos lo máximo posible. Para ella, conquistar a un hombre era tan natural como respirar. Lucas había dado por hecho que cuando su relación se terminase, tendría toda una fila de pretendientes deseando ocupar su puesto.

Entonces se dio cuenta de que, así como Carla se parecía mucho a Sophie en el ámbito profesional y en su modo de vida, en realidad eran muy distintas. Sophie había sido inmadura y egoísta, mientras que Carla era muy leal a su familia, hasta el punto de anteponerla a sus propias necesidades para no hacerle daño. Supuso que también le habría sido leal a él. Había salido con otros hombres, pero solo por temas relacionados con el trabajo.

Siguió reflexionando. Carla era virgen la primera vez que habían hecho el amor. Él había preferido no darle vueltas, porque aquello no encajaba en la imagen que tenía de ella.

Sabía que debía dejarla marchar, pero la posibilidad de que pudiese haberse quedado embarazada había cambiado algo vital en su disco duro.

Estaban unidos, al menos hasta que supiese si estaba embarazada o no. A pesar de su necesidad de terminar aquella relación, no pudo evitar que aquello le resultase un alivio.

—Las limusinas se han marchado, pero puedo llevarte yo si quieres.

—No hace falta —dijo Carla, sacando su teléfono del bolso—. Llamaré un taxi.

—A no ser que lo hayas hecho ya, no te será fácil encontrar uno libre, con todos los invitados que hay en Medinos para la boda.

Ella frunció el ceño y se guardó el teléfono.

—Entonces, le pediré a Constantine que me lleve.

Lucas levantó la cabeza hacia el helicóptero, que estaba empezando a desaparecer en el horizonte.

—Constantine está de luna de miel. Yo te llevaré.

Carla lo fulminó con la mirada.

—¿No deberías estar con tu nueva novia?

—Zane se está ocupando de Lilah —le respondió él, agarrándola del codo y dirigiéndola hacia los establos.

Ella se zafó.

—¿Por qué no me lleva Zane a casa y tú te ocupas de Lilah?

—¿Quieres que te lleve o no?

El tiempo pasó y Lucas notó que empezaba a ponerse de mal humor.

Carla se encogió de hombros.

—Aceptaré que me lleves, pero solo porque lo necesito. No obstante, te pido por favor que no me vuelvas a tocar.

—No pretendía tocarte.

Ella lo miró a los ojos.

—Sé lo que estás haciendo. Lo mismo que intentaste hacer en la pista de baile. Resérvalo para Lilah.

Él contuvo las ganas de echársela al hombro y llevarla hasta el coche.

—No tienes buen aspecto. ¿Qué te pasa?

—Nada que no se arregle con una buena noche de sueño —respondió Carla—. ¿Por qué no me dices qué es lo que te molesta en realidad? ¿Qué pasa, que con todos los *paparazzi* que hay por ahí sueltos, no puedes arriesgarte a que les cuente lo nuestro?

Lucas cedió al impulso y la levantó en volandas.

—¿He hablado yo de los *paparazzi*?

Ella le golpeó el hombro con el bolso.

—¡Suéltame!

Él obedeció y la dejó al lado de su Maserati. Abrió la puerta.

—Entra. Si intentas escaparte, iré detrás de ti.

—Tiene que haber una ley que prohíba esto —protestó ella, subiéndose al coche.

—¿En Medinos? —preguntó él, sonriendo a pesar de estar enfadado y sentándose detrás del volante. Por primera vez en dos meses, se sentía extrañamente contento—. No para un Atraeus.

La tensión de Carla se disparó cuando, en vez de hacerle caso y detener el coche en la calle, Lucas entró en la finca y lo detuvo delante de la casa. Entonces insistió en que le diese la llave para abrir la puerta. Cuando Carla intentó darle con esta en las narices, él entró y dio las luces.

Como le dolía la cabeza, Carla fue directa al cuarto de baño, llenó un vaso de agua y se tomó las pastillas. Volvió a llenarlo y se sentó en el borde de la bañera a bebérselo mientras esperaba a encontrarse mejor.

Oyó que llamaban a la puerta y se enfadó. Había tenido la esperanza de que Lucas hubiese entendido la indirecta y se hubiese marchado, pero, al parecer, seguía allí. Ella dejó el vaso, se miró en el espejo y salió al pasillo.

Lo vio apoyado contra la pared, de brazos cruzados.

—Ya estoy bien. Te puedes marchar.

Pasó por delante de él y fue hacia la puerta, la abrió y se apartó para dejarlo salir.

—Gracias por traerme.

Él se detuvo ante la puerta.

—Deberías ir al médico.

—No te preocupes por mí —dijo ella, mirándose el reloj.

Tuvo que hacer un esfuerzo para centrar la mirada, porque uno de los molestos síntomas del dolor de cabeza era que le molestaba mucho la luz.

El médico le había advertido que el estrés podía causarle una recaída, y entre el funeral de su padre, la boda de Sienna y su ruptura con Lucas, era evidente que estaba estresada.

Él apoyó la mano en la pared, al lado de su cabeza. De repente, lo tenía tan cerca que su calor la envolvió y pudo aspirar su olor a limpio, pero se resistió a acercarse a él.

–¿No deberías volver con Lilah?

Lucas dudó un instante. Bajó la mirada a sus labios y, a pesar del cansancio, Carla contuvo la respiración.

Él expiró.

–No podemos volver a hacerlo.

–No –admitió ella, no sin esfuerzo. Y se sintió humillada porque, a pesar de todo, seguía deseándolo.

Él cerró la mano en un puño y se marchó.

Carla apoyó la frente en la fría madera de la puerta, le ardía el rostro.

Se maldijo. ¿Por qué había estado a punto de caer?

El dolor de cabeza se agudizó y, sintiéndose cada vez más débil, fue a su dormitorio.

Se quitó las joyas, se puso cómoda y fue al cuarto de baño. Se lavó e hidrató la cara, se quitó las horquillas del pelo y se sintió mejor.

Una discreta vibración hizo que frunciese el ceño. Su teléfono móvil no sonaba así, ni tampoco el de Sienna. Su madre no tenía teléfono, lo que significaba que tenía que ser el de Lucas.

Fue descalza hasta el salón y lo vio en la alfombra, al lado de la mesita del café. Sonó un pitido.

Carla recogió el teléfono. Lucas tenía una llamada perdida de Lilah, y un mensaje.

Con manos temblorosas, intentó leerlo, pero el teléfono estaba bloqueado.

Eso no era un problema porque conocía su clave. Si no la había cambiado, era su propia fecha de nacimiento.

Contuvo la respiración mientras la marcaba. Y el teléfono se desbloqueó.

El mensaje era claro y directo. Lilah estaba esperando a que Lucas la llamase y no se acostaría hasta que no hablase con él.

Carla sintió náuseas y un escalofrío, el mismo que la noche anterior. Si había necesitado convencerse todavía más de que tenía que mantenerse alejada de Lucas, aquello lo consiguió.

Cerró el mensaje, dejó el teléfono encima de la mesita y volvió al baño. Apagó todas las luces menos la del salón, para que su madre viese cuando volviese a casa. El alivio de la semioscuridad fue inmenso.

Durante los últimos minutos el dolor de cabeza se había hecho casi insoportable e incluso le ardía la piel. Se tomó otra pastilla con un poco de agua. Entonces sonó el timbre.

Tenía que ser Lucas, que volvía a por su teléfono.

Dejó el vaso y volvió a la entrada, iluminada solo por el resplandor de la luz del porche. Volvieron a llamar.

–Abre, Carla. Solo quiero mi teléfono.

–Ya te lo daré mañana –le contestó.

–Sigo teniendo la llave de la puerta –añadió él en voz baja–. Si no me abres, lo haré yo.

Por encima de su cadáver.

–Espera un momento.

Enfadada consigo misma por no haberle pedido que le devolviese la llave, tomó la cadena e intentó ponerla, pero se le escurrió de los dedos.

Lucas debió de imaginar lo que se proponía, porque juró y metió la llave en la cerradura.

La puerta se abrió y ella tuvo que retroceder. En circunstancias normales, no se habría mareado solo con retroceder, pero no se encontraba bien y tuvo que agarrarse a una mesa que tenía detrás para guardar el equilibrio. Algo cayó al suelo y se rompió un cristal. Debía de haber empujado con el hombro una acuarela enmarcada que había apoyada en la pared.

Lucas frunció el ceño.

—No te muevas.

Ella se inclinó y agarró el marco por un extremo.

Lucas la sujetó por los brazos.

—Deja eso. Vas a cortarte.

Demasiado tarde, ya tenía sangre en un dedo.

—No te he dado permiso para entrar y no tienes ningún derecho a darme órdenes.

—Te has cortado —murmuró él—. Dame eso antes de que te hagas más daño.

Ella siguió sujetando el cuadro.

—No necesito tu ayuda. Toma tu teléfono y márchate.

—Tienes un aspecto horrible. Estás completamente pálida.

La soltó y ella se tambaleó, pero no soltó el cuadro.

–¿Cuánto tiempo hace que estás enferma? –le preguntó él, envolviéndole el dedo en un pañuelo.

–No estoy enferma. Ya te he dicho que solo necesito dormir, así que, si no te importa…

Él le rozó la frente al apartarle un mechón de pelo de la cara y eso la distrajo.

–¿Te duele? No me contestes. Ya veo que sí.

Lucas se acercó más y le quitó el cuadro para dejarlo encima de la mesa.

De repente, Carla sintió náuseas.

–Creo que voy a vomitar.

Y, pisando los cristales, se dirigió al cuarto de baño.

Unos minutos más tarde, se enjuagó la boca y se lavó la cara. Al salir vio que Lucas estaba esperándola apoyado en la pared del pasillo, parecía tranquilo y estaba muy guapo.

–Supongo que es una recaída del virus.

Ella se dirigió hacia su habitación apoyando una mano en la pared para mantener el equilibrio.

–Eso parece. Es la primera vez que me pasa –dijo, entrando en la oscuridad de su dormitorio–. No des la luz. Y no entres.

–Debías haberme dicho que seguías enferma.

Aquello la enfadó, pero no tenía energías para discutir.

–No lo sabía.

–Menudo carácter tienes.

Ella habría apretado los dientes si hubiese tenido fuerza.

Se sentó en la cama. Tenía el estómago mejor,

pero seguía doliéndole la cabeza. Necesitaba otro analgésico, porque el último había ido por el váter.

De repente, se dio cuenta de que Lucas había entrado en la habitación.

–Te he dicho que no quiero que estés aquí.

–¿O qué? ¿Vas a perder la paciencia?

–Eso es.

Se estremeció al notar el calor de sus manos en los pies, que estaban helados.

–Me arriesgaré. Sobreviví en Tailandia, así que también puedo sobrevivir a esto.

La ayudó a levantarse y la agarró por la cintura. Ella aspiró su olor y por un momento deseó poder quedarse así.

Un segundo después Lucas había apartado la sábana, la había metido en la cama y la había tapado.

Ella suspiró y dejó que su cabeza descansase en la almohada de plumas.

–Solo necesito otra pastilla, están en el baño, y agua –le dijo, rindiéndose.

Lo oyó ir al baño y llenar el vaso de agua. Luego se acercó a ella y se agachó para dárselo.

Carla volvió a apoyar la cabeza en la almohada.

–¿Sabes qué? Que se te da bien esto.

–Practiqué mucho en Tailandia. ¿Necesitas algo más? –le preguntó él en voz baja.

–No. Puedes marcharte. Tu teléfono está encima de la mesita del café. Era por eso por lo que habías venido, ¿no?

Lo tenía tan cerca que pudo sentir su calor, vio cómo la estudiaba con la mirada.

El analgésico empezó a hacer efecto.

–No quiero que estés aquí.

Era mentira. El virus la debilitaba tanto que ya no podía ni continuar con aquella farsa.

–Me quedaré hasta que esté seguro de que te encuentras bien.

–Quiero que te marches –balbució ella.

–¿Y si no lo hago? ¿Vas a echarme tú?

–No hará falta –murmuró ella, zanjando el tema. Se le cerraron los ojos–. Ya te has ido.

De repente se hizo el silencio.

–¿Quieres que vuelva?

Las palabras de Lucas la despertaron, pero las había oído en voz tan baja que no supo si, en realidad, habían sido producto de su imaginación.

–He tomado codeína.

–Tenía que intentarlo.

Así que sí que le había hecho la pregunta.

Carla se apoyó en un codo. Lucas estaba intentando interrogarla mientras no se encontraba bien y no entendía el motivo.

–No sé por qué te molestas. Gracias por ayudarme, pero, por favor, márchate.

Él negó con la cabeza.

–Esta noche estás… diferente.

¿Diferente? La había dejado. Y ella había cometido el pecado de acostarse con su ex e incluso era posible que se hubiese quedado embarazada.

–Diferente no –dijo, apoyando la cabeza en la almohada otra vez–. Soy real.

Capítulo Seis

Diez días más tarde, Carla entró en el edificio de Ambrosi en Sídney.

Cuando llegó a su despacho, su secretaria, Elise, estaba colgando el teléfono.

–Lucas quiere verte en su despacho. Ahora.

Eso la molestó.

–¿Te ha dicho para qué?

–Está cañón y soltero. ¿Qué más te da?

Con los nervios de punta, Carla fue hasta su escritorio y se entretuvo comprobando las llamadas y mensajes que Elise había recogido en su ausencia. Sin quitarse el bolso del hombro, miró el calendario y vio que tenía dos reuniones ese día.

Después fue hacia el que había sido el despacho de Sienna, frunciendo el ceño al pensar en los cambios que el dinero Atraeus había causado ya en el tambaleante negocio familiar. La desgastada moqueta azul había sido reemplazada por una nueva de color gris. Las paredes habían recibido una mano de pintura y habían sido adornadas con cuadros en vez de con las láminas de las joyas Ambrosi.

Sintiéndose fuera de lugar en lo que, desde niña, había considerado un lugar acogedor, saludó a sus compañeros de trabajo.

Sonrió a la secretaria de Sienna, Nina, que en esos momentos era la de Lucas, y entró en el elegante despacho.

Lucas estaba junto a la ventana, muy elegante con un traje oscuro, camisa blanca y corbata roja, y dominaba una habitación que seguía siendo manifiestamente femenina. Estaba hablando por teléfono.

La miró a los ojos y terminó la llamada.

–Cierra la puerta y siéntate.

Carla se alegró de haberse esforzado con su aspecto y cerró la puerta. Aquel traje rojo, de falda corta y escote en V siempre le hacía sentirse atractiva y animada. A las cinco de la tarde tenía una entrevista con Alex Panopoulos y necesitaba parecer segura de sí misma y profesional.

Odiaba la idea de marcharse de Ambrosi Pearls, pero le parecía la solución más sensata.

Carla poseía un paquete de acciones con derecho a voto que le asegurarían unos ingresos durante el resto de su vida, pero que no le daban un poder real. Su contrato como directora de relaciones públicas de Ambrosi Pearls se terminaba a la semana siguiente y no pensaba que Lucas fuese a renovárselo.

Este la miró con frustración al ver que no se sentaba. Dejó el teléfono en su base.

–No esperaba que volvieses tan pronto.

Ella arqueó una ceja.

–Me encontraba bien, así que no merecía la pena que me quedase en casa.

–Llevo toda la semana intentando localizarte. ¿Por qué no me has devuelto las llamadas?

–Porque estaba con unos amigos y no me llevé el teléfono –lo había dejado en su apartamento a propósito, para no caer en la tentación de llamarlo o mandarle un mensaje.

Hubo un breve y tenso silencio.

–¿Cómo estás?

–Bien. Después de un par de días en la cama, los síntomas desaparecieron –le respondió, sonriendo–. Si eso es todo...

–No, no es todo –le dijo Lucas, clavando la vista en su cintura–. ¿Estás embarazada?

A pesar de sus esfuerzos por controlarse, Carla no pudo evitar sonrojarse.

–Todavía no lo sé. He comprado un test de embarazo, pero es demasiado pronto.

–¿Cuándo lo sabrás?

Ella frunció el ceño. El tema la incomodaba.

–En un par de días, pero no tienes de qué preocuparte.

De hecho, podía hacerse la prueba, pero todavía no se sentía preparada.

–¿Abortarías? –inquirió Lucas.

–No –respondió, sorprendida por la pregunta–. Quería decir que, aunque esté embarazada, no tienes de qué preocuparte porque no tendrías por qué implicarte, ni siquiera reconocer...

–Por supuesto que reconocería a mi hijo.

Carla tuvo la sensación de que había metido el dedo en la llaga y pensó que se había perdido algo.

–Esto es una locura. No sé por qué estamos hablando de algo que es probable que no ocurra. ¿Eso es todo lo que querías saber?

–No –le dijo él, apoyándose en el escritorio–. Siéntate. Tenemos que hablar de otra cosa.

De las tres sillas que había, Carla escogió la que estaba más lejos de Lucas. Se arrepintió de haberse sentado nada más hacerlo. A pesar de no estar completamente de pie, Lucas seguía estando muy por encima de ella.

–Deja que lo adivine, ¿dentro de una semana estaré despedida? Me sorprende que hayas tardado tanto en…

–No voy a despedirte.

Carla parpadeó. Constantine había despedido a Sienna casi inmediatamente, aunque con un motivo comprensible. No podía ser la directora ejecutiva de una empresa con base en Sídney si él vivía en Medinos.

Lucas estudió su traje rojo.

–¿Siempre te vistes así para venir a trabajar?

El cambio de tema de conversación la desequilibró todavía más.

–Sí. ¿Algún problema? –le respondió.

Él se cruzó de brazos.

–Nada que otro botón en la chaqueta o una blusa debajo no puedan arreglar.

Carla se puso en pie.

–A mi traje no le pasa nada. A Sienna siempre le pareció bien mi manera de vestir.

Él se incorporó también, parecía enfadado.

—Sienna era una mujer.

—¿Y eso qué tiene que ver?

—Desde mi punto de vista, mucho.

Carla no entendió qué era lo que tanto lo molestaba. Tal vez hubiese perdido algún negocio o Lilah lo hubiese dejado. Fuese lo que fuese, la estaba tratando como si fuese suya, y eso no lo podía consentir. La había abandonado sin miramientos. Le había dejado claro que no la quería. Lucas volvió a clavar la vista en el escote de su chaqueta.

—¿A quién vas a ir a ver hoy?

Cada vez más enfadada, Carla le dio dos nombres.

—Los dos son hombres —replicó él.

—¡Chandler y Howarth son de la edad de mi padre! Y me molesta que insinúes que soy capaz de utilizar el sexo para conseguir ventas, pero si lo prefieres, vendré a trabajar vestida de color beis. O, dado que esta conversación tiene un toque medieval, con un hábito de penitencia.

Él sonrió y eso la ablandó. Lucas era guapo cuando estaba serio, pero cuando a Carla le temblaban las rodillas era cuando lo veía sonreír.

—Seguro que no tienes nada beis.

—¿Cómo lo sabes? Que yo recuerde, te interesaba más quitarme la ropa que lo que llevaba puesto. Te importaba tan poco mi armario como el resto de mi vida —le dijo ella.

—Eso no es cierto. Fuiste tú quién decretó que viviésemos cada uno por su cuenta.

—Pero te vino muy bien.

–Por aquel entonces, sí.

–¡Ja!

Pero el momento de triunfo fue amargo y Carla deseó haberse dado cuenta antes de que no estaba hecha para una relación tan superficial y limitada.

–Tengo una reunión dentro de diez minutos. Si no hay nada más, tengo que irme. El lanzamiento de la nueva colección es dentro de dos días y tengo muchas cosas que hacer.

–De eso quería hablarte. Hemos hecho algunos cambios en la organización de la fiesta de lanzamiento. Nina estará al frente del equipo.

Carla pensó que no la habían despedido, la habían marginado.

Respiró hondo, expiró despacio, pero no pudo evitar hablar con voz ronca.

–¿Has olvidado que yo soy el rostro de ambrosi?

Lucas estudió pensativo el rostro perfecto de Carla, exquisito en todos los aspectos, desde los exóticos ojos a los delicados pómulos y la atractiva boca. Si a eso se añadía la sensual melena morena, era irresistible.

–Es difícil olvidarlo cuando tu cara ocupa la fachada del edificio.

Ella lo miró triunfante.

–No puedes apartarme. Tengo que estar allí –le dijo, empezando a enumerar todos los motivos por los que Lucas no podía apartarla de la campaña.

Su frustración aumentó con cada motivo válido, desde las entrevistas con las revistas femeninas, a la estrategia promocional que tenía organizada.

–Tengo que estar allí… es obvio. Además, todo el vestuario está hecho a mi medida.

–No –la interrumpió Lucas.

–¿Por qué no?

Él pensó que no estaba preparado para responder a esa pregunta.

Cada vez que la veía en un póster, tenía que contener el impulso de arrancarlo. La idea de que Carla apareciese con un vestido transparente, recubierto de perlas, delante de una multitud, le resultaba insoportable.

Por encima de su cadáver.

–No has estado encontrándote bien, y podrías estar embarazada –argumentó–. Yo haré las entrevistas y ya he buscado a una modelo para que ocupe tu lugar en la publicidad. Nina presentará el espectáculo promocional. Y Elise se ocupará del estilismo.

–Estoy perfectamente y he venido a trabajar. El lanzamiento es mi proyecto.

–Ya no.

Se hizo un silencio abrumador. En alguna parte del despacho había un reloj que hacía tic tac. Alguien tocó un claxon en la calle. Carla tomó su bolso rojo fuego, a juego con el traje.

A Lucas se le hizo un nudo en el estómago al verla con los ojos brillantes. Resistió el impulso de abrazarla y reconfortarla. Había esperado que se mostrase hostil, que discutiese, pero no había estado preparado para verla emocionarse. Se le había olvidado lo apasionada y protectora que era con todo lo relativo a su familia y al negocio.

–Carla…

–No –le dijo ella, dándose la media vuelta.

Siguió conteniéndose para no tranquilizarla y fue él primero hacia la puerta. Apoyó la mano en ella para evitar que la abriera.

–Solo una cosa más. Mi madre y Zane vienen mañana. He organizado una rueda de prensa para promocionar la adquisición de Ambrosi por parte de The Atraeus Group y el lanzamiento del producto, y después, una comida privada. Como miembro de la familia y directora de relaciones públicas, tu presencia es necesaria en ambas.

–¿Estará Lilah también?

–Sí.

Lucas tuvo que hacer un esfuerzo para no ir detrás de ella cuando salió del despacho. Cerró la puerta y volvió a acercarse a la ventana. Se sintió como un mirón observando a Carla salir del edificio y dirigirse a su coche.

Había interrogado a su secretaria, que le había dicho que tanto Chandler como Howarth eran hombres mayores. Por desgracia, eso no lo tranquilizó. Eran hombres, punto.

En un momento en el que debía de estar reafirmando el final de su relación manteniendo las distancias, estaba más celoso que nunca.

No tenía que haberse mudado a Sídney, tenía que haberse limitado a mantener el contacto con Carla. Si estaba embarazada, pronto se enteraría. Pero había utilizado la excusa para estar cerca de ella.

El hecho de que hubiese perdido el control hasta el punto de hacerle el amor después de haber roto, y sin protección, todavía lo tenía atónito.

Y, lo que era peor, la idea de tener un hijo con ella le gustaba.

Soltó la cortina cuando el coche se perdió entre el tráfico y se dio cuenta de que cuando pensaba en Carla Ambrosi lo hacía como un hombre medieval.

A pesar de haber roto con ella y de haberla sustituido por una novia nueva, a la que todavía no había tocado ni besado, la seguía deseando. Nada había cambiado.

Capítulo Siete

Carla miró el reloj digital de su coche. Tenía diez minutos para llegar al despacho de Alex Panopoulos y era la hora punta.

Nerviosa e impaciente, tomó todos los atajos que conocía, pero aun así, cuando aparcó en el garaje subterráneo del edificio ya llegaba tarde.

Tarde a una entrevista que cada vez era más importante. Tomó su bolso y su maletín y salió del coche.

Sus tacones golpearon el suelo de camino al ascensor mientras un coche oscuro y reluciente aparcaba en un sitio cercano. Este le recordó a los vehículos en los que iba el equipo de seguridad de Lucas.

Entró en el ascensor con el ceño fruncido y marcó la clave que le habían dado. Apretó el botón del piso y después deseó no haberlo hecho, porque las puertas se cerraron justo cuando el conductor iba a bajar del coche. Tal vez estuviese paranoica, o demasiado obsesionada con Lucas, pero por un segundo había pensado que el que iba en ese coche podía ser él.

No pudo evitar recordar lo que este le había dicho, que iba demasiado provocativa.

Le dolió que tuviese tan baja opinión de ella y

que deseara tanto perderla de vista que la había sustituido tanto profesional como personalmente. Se preguntó si Lucas llevaría a Lilah de pareja al lanzamiento de la nueva colección, y ella sola se respondió que seguro que sí. Tal vez incluso anunciasen su compromiso en la fiesta.

El pecho se le encogió de dolor al pensarlo.

Las puertas del ascensor se abrieron y la recepcionista la acompañó hasta el despacho de Alex.

Veinte minutos después, con la entrevista terminada, Carla volvía a estar en su coche. Le habían ofrecido el puesto de jefa de relaciones públicas de Pan Jewelry, pero lo había rechazado al darse cuenta de que lo único que quería Alex era utilizar su relación con la familia Atraeus. Al parecer, pensaba que podía doblar sus beneficios si conseguía que su empresa entrase en los lujosos complejos hoteleros Atraeus.

El coche que había pensado que podía pertenecer al guardaespaldas de Lucas ya no estaba allí, pero al salir a la calle vio que lo tenía detrás.

Enfadada y asustada, pisó el acelerador. El otro coche aumentó su velocidad también y solo pasó de largo cuando se metió en el garaje del edificio en el que estaba su apartamento.

Todavía indignada por el comportamiento de Lucas, dio marcha atrás y fue directa casa de este.

Veinte minutos después estaba llamando al timbre de su ático.

La puerta se abrió casi de inmediato. Lucas todavía iba vestido con los pantalones oscuros y la camisa blanca que había llevado a trabajar esa mañana, aunque se había quitado la corbata y la chaqueta.

–Dime que no has sido tú el que me ha estado siguiendo.

–No he sido yo, ha sido Tiberio.

–En ese caso, ¿quieres tener esta conversación en el rellano, donde cualquiera podría oírnos?

Él sonrió divertido.

–Todo el piso es mío. Los otros tres apartamentos están ocupados por mis hombres.

–Voy a preguntártelo de otra manera: ¿Quieres que tus empleados oigan lo que voy a decirte?

Lucas apretó la mandíbula, pero retrocedió para dejarla pasar. Ella fue directa al salón y una vez allí se dio cuenta de que cabía la posibilidad de que Lucas no estuviese solo.

Él fue a la cocina, que estaba unida al salón, y abrió la nevera. Después se acercó a ella con un vaso de agua fría en la mano.

–No sé si dártelo.

Ella recordó la escena que había tenido lugar en Medinos, cuando le había tirado el vaso de agua encima y después habían hecho el amor. Tomó el vaso y fingió interesarse por los cuadros que había colgados de las paredes y fue avanzando por el pasillo que daba a su habitación.

–¿Por qué has hecho que me siguieran?

–Quería saber qué te proponías. Dime, ¿qué te ha ofrecido Panopoulos? –le preguntó, poniéndose delante y bloqueándole la vista de su dormitorio.

Ella no pudo evitar sospechar que Lilah estuviese allí, y que Lucas no quería que la viera.

Dejó el vaso en una mesa estrecha que había en el pasillo y pasó por su lado. Lucas la agarró del brazo justo cuando estaba cruzando la puerta e hizo que se girase, pero a ella le dio tiempo a ver que el dormitorio estaba vacío, y algo más que hizo que el corazón se le acelerase.

Lo que Lucas no había querido que viese. Un camisón de seda que se había dejado allí la última vez que había estado, hacía casi tres meses, y que seguía en el mismo lugar en el que lo había dejado, en el respaldo de una silla. Eso significaba que Lilah no había estado nunca en aquella habitación.

—Todavía no te has acostado con ella —le dijo.

—A lo mejor antes quería deshacerme de todas tus cosas.

—Estoy aquí, puedes dármelas personalmente —le respondió ella enfadada.

—¿Es una orden, o me lo vas a pedir bien? —le preguntó Lucas con frialdad, pero atravesándola con la mirada.

—Te lo he pedido bien.

—Apuesto a que has sido mucho más simpática con Alex Panopoulos. ¿Al final has accedido a acostarte con él?

—¿Acostarme con él? —inquirió Carla con incredulidad.

De repente, Lucas se inclinó hacia delante y la besó.

Ella parpadeó, aturdida. Lo abrazó por el cuello.

Sabía que no debía besarlo. Sobre todo en esos momentos, en los que quería mucho más que una relación sin ataduras, pero no lo pensó.

–¿Qué te pasa? –le preguntó Lucas, retrocediendo y mirándola con ternura–. ¿Te he hecho daño?

–No. Bésame.

Unos minutos después se acercaron a la cama. Ella le quitó la camisa y la tiró. Acarició sus hombros suaves y fuertes. Y siguió excitándose mientras él la desnudaba.

El tiempo pareció ralentizarse y detenerse cuando sus cuerpos se acoplaron. El sol del atardecer entraba por la ventana. Carla miró a Lucas a los ojos y, de repente, se dio cuenta de por qué hacer el amor con él había sido siempre tan especial, tan importante. Porque era el único momento en el que Lucas se entregaba de verdad y era suyo. El único momento en el que podía creer que la amaba.

Aparte de los pocos minutos que habían pasado juntos en Medinos, hacía meses que no hacían el amor y ella lo había echado de menos. Aunque pareciese una locura, a pesar de todo, aquello estaba bien.

Notó la suavidad de los labios de Lucas en su cuello y la caricia la hizo llegar al clímax. Él se estremeció al mismo tiempo y a Carla se le llenaron los ojos de lágrimas.

Mucho rato después la despertó el timbre de la puerta. Lucas se levantó de la cama y fue al cuarto de baño, del que salió con los pantalones puestos.

Carla no esperó a ver quién era. Recogió su ropa y corrió al baño a refrescarse y vestirse. Tenía que marcharse de allí lo antes posible. Se puso los zapatos y buscó su bolso. Las mejillas le ardían de la vergüenza cuando salió al salón, donde Lucas hablaba en su idioma natal con dos hombres de su equipo de seguridad.

Oyó que decía su nombre, ignoró las miradas de curiosidad y salió por la puerta abierta para ir directa al ascensor.

Parte de la tensión se alivió al ver que las puertas se abrían. Entró y le dio al botón de la planta baja, entonces vio aparecer a Lucas en el rellano.

–Espera –le dijo este.

Las puertas se cerraron un instante antes de que llegase al ascensor. Con el corazón acelerado, Carla se miró en el espejo y se retocó el rímel. Tenía los labios hinchados y el cuello enrojecido.

El ascensor se detuvo y ella avanzó con paso rápido por la entrada, ignorando al conserje.

Estuvo a punto de detenerse al ver a Lilah sentada en un sillón, hojeando una revista, esperando. Carla fingió que no la había visto y siguió andando. Entendió de repente lo que los guardias de seguridad habían ido a decirle a Lucas.

Avergonzada, se dio cuenta de que Lilah palidecía y la miraba con sorpresa. Ella salió a la calle y el ruido del tráfico la golpeó. El sol, que brillaba muy bajo en el horizonte, la cegó.

Acababa de llegar a la acera cuando la agarraron del brazo, deteniéndola.

El corazón le dio un vuelco al girarse.

–Lucas.

Capítulo Ocho

Carla se zafó. Lucas seguía sin camisa y estaba despeinado.

–¿Cómo has bajado tan rápidamente?

–Hay otro ascensor, privado.

Ella agarró con fuerza el asa de su bolso.

–¿Y por qué te has molestado?

–No voy a darte el gusto de responder a eso. ¿Por qué has salido corriendo de esa manera?

Pasada la sorpresa de que Lucas hubiese corrido tras de ella, Carla deseó marcharse de allí. Necesitaba estar sola para convencerse a sí misma de que lo suyo no podía funcionar.

–Lo nuestro ha terminado, ¿no? ¿O querías algo más?

A él le ardieron las mejillas.

–Sabes que nunca te he visto de esa manera.

–Entonces, ¿cómo me has visto?

Él dijo una palabra en medinio y Carla supo que era una grosería.

Lucas apoyó una mano en su nuca, enredó los dedos en su pelo y un segundo después, la besó.

Una serie de flashes y de chasquidos los separaron. Un fotógrafo armado de una cámara acababa de salir de un coche.

Carla se estremeció horrorizada. Cuando la prensa la reconociese, no tardaría en atar cabos. Antes de que llegase a su casa ya estarían hablando de que volvía a estar con Lucas. Y por la mañana hablarían de que estaba embarazada o, todavía peor, dado que Lucas salía con Lilah, la incluirían en un asqueroso triángulo amoroso.

Y era la vergonzosa realidad.

Un ruido extraño la hizo girar la cabeza y vio a Lilah a pocos metros de ellos. Se había quedado inmóvil, pero no tardó en darse la vuelta y marcharse.

El fotógrafo hizo varias instantáneas más y volvió a meterse en el coche del que había salido. Arrancó y desapareció.

Lucas juró en voz baja, en esa ocasión en inglés, antes de soltarla.

–¿Sabías que estaba aquí? –le preguntó a Carla con cautela.

Ella se enfadó ante lo que solo podía considerar una acusación. Hizo un gesto para que Lucas se fijase en su ropa arrugada y en su pelo, en el maquillaje estropeado.

–¿Te parece que estoy como para salir en una revista?

Lucas frunció el ceño.

–Ya lo hiciste una vez.

Ella sintió calor. Era cierto que había hecho pública su primera ruptura.

–Eso te lo mereciste, por cómo me trataste.

–Me disculpé.

Era cierto, se había disculpado. Y ella lo había

77

perdonado y después había seguido acostándose con él.

Lucas giró la cabeza y vio a Lilah subiéndose a su coche. Se sacó el teléfono móvil del bolsillo y marcó un número.

Carla se quedó atónita ante tan repentino cambio de interés. Se sintió desanimada, vacía de emoción, y buscó en su bolso las llaves del coche.

–Antes de que me lo preguntes, ese fotógrafo no me ha seguido a mí. ¿Por qué iba a hacerlo? Yo no soy tu novia.

Lucas frunció el ceño y cortó la llamada a la que, evidentemente, no le habían respondido.

Era evidente que había llamado a Lilah, para intentar tranquilizarla y explicarle su error. A pesar de que Carla sabía que era ella la que había hecho mal acostándose con Lucas, no soportó la idea de que Lucas quitase importancia a lo que acababan de compartir.

Tuvo la osadía de marcar el número otra vez.

A Carla se le nubló la vista. Antes de darse cuenta de lo que iba a hacer, le quitó el teléfono de la mano y lo lanzó a la carretera con todas sus fuerzas. Rebotó y se rompió en varias piezas. Un segundo después un camión pasó por la de mayor tamaño, haciéndola añicos.

Hubo un momento de silencio.

Sorprendentemente, el rostro de Lucas se quedó sin expresión.

–Demándame si quieres, pero me parece insultante que el hombre con el que me acabo de acostar llame a otra mujer en mi presencia. Podías haber esperado a que me hubiese marchado.

–Siento haberte acusado de haber llamado a la prensa. Me había olvidado de Lilah –dijo él.

–Pues parece que te ocurre mucho últimamente. No sé qué estás haciendo aquí fuera conmigo cuando deberías estar concentrándote en volver con ella.

De repente empezó a soplar el viento y Carla sintió frío. Se frotó la piel de gallina de los brazos. Necesitaba un baño caliente y meterse en la cama. El médico le había dicho que se tomase las cosas con tranquilidad, pero eso no iba a contárselo a Lucas.

Fue hacia su coche, pero Lucas se le puso delante.

Ella clavó la vista en sus hombros desnudos, en su musculoso pecho, en la línea morena de vello que se perdía en la cinturilla de los pantalones. Estaba cansada, todavía tenía el cuerpo dolorido después de lo ocurrido en el ático. Lo que habían hecho estaba mal, pero eso no impedía que siguiese deseándolo.

–No tengo planes de volver con Lilah. ¿Pretendes tú acostarte con Panopoulos?

Ella seguía procesando la primera parte de la frase, aunque en realidad no le sorprendió que Lucas fuese a romper con Lilah, cuando se dio cuenta de otra cosa.

Estaba celoso.

Muy celoso. Carla no sabía cómo no se había dado cuenta antes, pero entonces entendió su reacción frente a la entrevista con Alex Panopoulos y el modo tan dictatorial en que la había tratado al decidir que ya no sería el rostro de Ambrosi. Había pensado que Lucas quería degradarla personal y profesionalmente, pero no era así.

Eso hizo que se sintiese mucho mejor y que comprendiese su comportamiento.

Levantó la barbilla para responder a la pregunta acerca de Alex Panopoulos:

–No eres mi novio –le dijo–. No tienes derecho a preguntarme eso.

Tal vez no lo fuese, pero la situación iba a cambiar.

Lucas apretó la mandíbula y controló la ira que le producía pensar en Carla y Panopoulos juntos. Ella ya le había dicho antes que no se habían acostado, pero conocía a Panopoulos. Era un hombre rico y caprichoso, acostumbrado a conseguir todo lo que quería. Y si quería a Carla, no pararía hasta tenerla.

Cerró los puños y contuvo el impulso de agarrarla y volver a llevársela a su cama. En su lugar, se obligó a quedarse inmóvil mientras ella se subía al coche y desaparecía.

Tenía que empezar a tratarla con más delicadeza.

Barajó sus opciones mientras subía las escaleras y atravesaba la entrada.

Entró en el ascensor, que Tiberio le estaba sujetando. De hecho, desde que había visto a Carla por primera vez no había podido quitarle las manos de encima. Su intento de distanciarse se le había vuelto en contra. En vez de matar el deseo, no había hecho más que aumentarlo y había ocurrido lo que tanto había intentado evitar: había perdido el control.

Podía negar la historia que sin duda aparecería en los periódicos a la mañana siguiente, o confirmarla. En el segundo caso, el nombre de Carla quedaría por los suelos. Y no podía permitir que eso ocurriese.

Hasta esa misma tarde había estado seguro de una cosa que no quería hacer: casarse con Carla Ambrosi a la fuerza.

Pero eso había sido antes de saber que esta había ido a ver a Alex Panopoulos.

La puerta del ascensor se abrió. Con la mandíbula apretada, esperó a que Tiberio abriese la puerta de su ático.

Fue directo a su dormitorio y todo se cuerpo se puso tenso al ver la cama deshecha. Tomó el camisón de seda de Carla, que todavía olía a ella. Era el mismo olor que había en la habitación y que seguro que impregnaba su cama.

Le incomodaba desearla todavía más que al principio.

Además, Panopoulos había entrado en escena.

Lucas buscó su teléfono móvil, pero se acordó de que Carla lo había dejado sin él. Sintió ganas de sonreír, pero sacudió la cabeza.

Unos minutos después utilizaba el teléfono fijo para llamar a Panopoulos.

Su mensaje fue sucinto y directo.

Si Panopoulos le ofrecía a Carla que trabajase en su empresa o se le ocurría ponerle un dedo encima, jamás llegaría a ningún acuerdo comercial con el Grupo Atraeus.

–¿Es porque Constantine está casado con la hermana de Carla? –le preguntó Alex.

–No –respondió Lucas–. Es porque Carla es mía.

Nada más decir aquello, se sintió satisfecho. Había tomado una decisión.

Carla era suya. Solo suya.

No iba a poner más excusas. La quería. Y haría lo que fuese necesario para asegurarse de que ningún hombre se acercaba a ella.

Terminó la llamada y dejó el teléfono.

Panopoulos era un hombre inteligente, retrocedería. Ya solo tenía que hablar con Lilah y ocuparse de la prensa y de Carla.

A esta no le gustaría su ultimátum, pero lo aceptaría. El daño estaba hecho desde el momento en que el fotógrafo los había sorprendido en la calle.

A la mañana siguiente, después de pasar toda la noche sin dormir, Carla se vistió cuidadosamente para la rueda de prensa y el posterior almuerzo. Teniendo en cuenta que Lucas había escogido un restaurante muy elegante, decidió llevar un vestido azul claro que le sentaba muy bien. Era un vestido sutilmente sexy, ya que se le ceñía a las curvas y tenía un sugerente escote. Las sandalias de tacón alto azules le alargaban las piernas y, para terminar, se puso también una chaqueta azul.

Decidió dejarse el pelo suelto y puso una atención especial en su maquillaje para disimular las sombras que tenía bajo los ojos.

Unos minutos después, tras haberse tomado una taza de café, salía de casa. Al cerrar la puerta vio un coche oscuro bloqueando la salida del suyo. De repente, el cansancio desapareció y se vio sustituido por una sensación de disgusto.

Fue hacia el coche sin ver quién era el hombre que había detrás de los cristales tintados, pero suponiendo que era alguien del equipo de seguridad de Lucas, y llamó a la ventanilla. Unos brillantes ojos oscuros la miraron. Lucas.

Iba vestido con un traje gris y una camiseta negra, y todavía llevaba el pelo húmedo de la ducha. Estaba muy atractivo. Parecía enfadado y no se había afeitado esa mañana.

Carla no pudo evitar desearlo, pero apretó los dientes y luego le preguntó:

–¿Qué estás haciendo aquí?

–Mantener alejada a la prensa –respondió él, señalando con la cabeza un vehículo azul que había al otro lado de la calle.

Carla reconoció al fotógrafo del día anterior.

–Si está aquí es porque te ha seguido.

–Ha llegado antes que yo.

A ella se le hizo un nudo en el estómago.

–Otro motivo más para que no estés aquí.

Lucas le abrió la puerta del copiloto.

–Sube.

Oyó dos veces el disparo de la cámara y entró. Unos segundos después estaban en la autopista, dirigiéndose a la ciudad.

La primera vez que habían hecho el amor había sido en un coche.

Dos años antes, Lucas la había llevado a casa después de cenar en un restaurante para celebrar el primer compromiso de Constantine y Sienna.

Durante el trayecto, que había durado media hora, Lucas le había puesto música y le había hecho preguntas acerca de su familia, y de si salía con alguien.

Al llegar a su casa, en vez de aparcar fuera, había detenido el coche delante de la puerta del garaje, debajo de un enorme árbol.

Con la música apagada, el silencio se había vuelto intenso y a Carla se le había encogido el estómago con la certeza de que Lucas quería besarla.

Casi no la había tocado en toda la noche, aunque ella se había dado cuenta de que había estado observándola.

Y ella había coqueteado y jugado, pero nerviosa. Estaba acostumbrada a que anduviesen detrás de ella, eso iba con la industria de la moda y el trabajo de relaciones públicas, pero Lucas estaba en una liga completamente diferente y ella no estaba segura de si quería que la atrapase.

Había girado la cabeza, preparada para encontrarse con sus ojos, y su boca la había capturado. Entonces se había sentido invadida por una ola de calor y se había quedado como sin fuerzas.

Unos segundos después, había dejado de besarla. Ella había tomado aire y Lucas había vuelto a besarla. Carla lo había abrazado por el cuello, había enredado los dedos en su pelo, grueso y sedoso, lo suficientemente largo para jugar con él. Lo que no era buena idea, porque jugar con Lucas Atraeus era como acariciar a un gato salvaje, pero en cuanto este la había tocado, ella se había olvidado de todas sus normas.

Había notado cómo le bajaba la cremallera del vestido, el calor de sus dedos en la piel desnuda de la espalda.

Lucas había murmurado algo en su idioma natal que ella no había entendido y después le había preguntado:

–¿Estás segura de que quieres esto?

Y ella se había dado cuenta de que Lucas estaba haciendo un enorme esfuerzo por controlarse.

Este había vuelto entonces a bajar los labios a su cuello, como si no soportase estar sin tocarla, haciendo que se estremeciese.

Carla tenía veinticuatro años y era virgen, no por convicción, sino por la sencilla razón de que no había encontrado a nadie con quien quisiese tener tanta intimidad. Por mucho que le hubiese gustado un chico, si emocionalmente no le llegaba, solo permitía que le diese un beso de buenas noches.

Hacer el amor con Lucas Atraeus no había tenido ningún sentido por un montón de motivos lógicos. Casi no lo conocía, así que no podía estar enamorada, pero en vez de retroceder, se había sentido obligada a olvidarse de sus propias normas. Lucas Atraeus le había parecido el hombre adecuado.

–Sí.

Un claxon la sacó de sus pensamientos y Carla giró la cabeza.

–¿Qué ocurre?

Lucas la miró a los ojos y ella se estremeció.

–Nada.

El teléfono de este vibró y él respondió en voz baja. Sus miradas se encontraron un par de veces y Carla volvió a sentir ese extraño cosquilleo por todo el cuerpo, así que apartó la vista y miró por el espejo retrovisor. Tuvo la sensación de ver detrás de ellos el coche del fotógrafo, pero no estaba segura.

–No viene detrás. Ya he estado pendiente yo.

Eso hizo que Carla se plantease algo.

–Me dijiste que había llegado a mi casa antes que tú, ¿cómo supiste que estaba allí?

Lucas aceleró, frenó y luego alargó el brazo hacia el asiento trasero y le dio un periódico abierto por una página cuyo titular era: «El doble golpe de los hermanos Atraeus». Eso la sorprendió, a pesar de habérselo esperado.

La fotografía que ilustraba el artículo era en color y en ella aparecía Lucas besándola.

La indignación de Carla aumentó al leer el texto. Según el periodista, la llama de su pasión se había visto reavivada en un encuentro secreto que habían tenido en Medinos. Alguien que había estado en la boda le había contado que habían estado juntos en ella. Aunque según «la fuente» si Carla Ambrosi no había tenido lo que tenía que tener para mantener a Lucas Atraeus a su lado la primera vez, aquella segunda tampoco lo conseguiría.

Carla dejó caer el periódico como si le estuviese quemando los dedos. No tenía que haber leído el artículo.

Apretó la mandíbula. Si se enteraba de quién era el invitado a la boda que había hablado de ellos el siguiente capítulo de la historia aparecería en las páginas de sucesos.

Dobló el periódico y lo dejó en el asiento trasero.

–Deberías haberme llamado. No hacía falta que te presentases en mi casa.

Dando pie a que la historia continuase.

–Si te hubiese llamado, me habrías colgado el teléfono.

Lucas puso el intermitente para meterse en el garaje subterráneo del edificio en el que estaba la sede de Ambrosi.

Carla estaba saliendo del coche y tomado su bolso, que se había metido debajo del asiento, cuando un ruido le hizo levantar la cabeza. De entre las sombras había salido un hombre con una cámara y se dirigía hacia ellos. No era el de la otra vez, sino otro.

Lucas, que había rodeado el coche para abrirle la puerta dijo algo entre dientes mientras ella recuperaba el bolso y se incorporaba.

–Sonrían, señor Atraeus, señorita Ambrosi. ¡Los tengo!

Además del beso delante del edificio de Lucas, los periódicos ya tenían fotografías de Lucas recogiéndola en casa y llevándola al trabajo.

Otro capítulo más para la historia.

Capítulo Nueve

Cuando un rato después, esa misma mañana, Carla salió de su despacho para acudir a la rueda de prensa, estaba esperándola fuera uno de los guardaespaldas de Lucas, Tiberio.

Lucas no estaba en el edificio. Se había marchado después de dejarla allí, así que Carla no pudo ir a quejarse. Después de intentar hablar con Tiberio, cuyo inglés era limitado, Carla accedió a seguir las órdenes de Lucas y permitir que el guardaespaldas la condujese al hotel de cinco estrellas en el que tendría lugar la rueda de prensa. Así no tendría que preocuparse de que los *paparazzi* la fotografiasen con Lucas al llegar.

Para su sorpresa, Tiberio le abrió la puerta de una reluciente limusina negra. Carla entró y descubrió que Lucas estaba allí, con un maletín abierto en el suelo y unos papeles en la mano.

La puerta se cerró tras de ella. Lucas le dijo algo rápido a Tiberio mientras este se sentaba detrás del volante.

Se oyó un ruido seco y después el del motor al arrancar.

—Ha bloqueado las puertas.

—Es solo por precaución.

La luz del día los bañó al salir del aparcamiento. Carla empezó a sentirse manipulada.

–Tiberio me ha dicho que le habías ordenado que cuidase de mí, y que por eso iba a llevarme hasta la rueda de prensa. No me ha dicho que fueses a estar tú también.

Lucas, que seguía vestido con el traje gris y la camiseta negra de por la mañana, pero que en esos momentos iba afeitado, sacó un teléfono móvil de su maletín.

–¿Pasa algo por que vayamos juntos?

Ella frunció el ceño.

–Después de lo ocurrido, ¿no sería más sensato que llegásemos por separado?

La atención de Lucas estaba fijada en lo que parecía ser un teléfono nuevo.

–No.

La frustración de Carla aumentó al verlo marcar un número y llevarse el teléfono a la oreja, y se redujo al oírlo hablar con su voz profunda en su idioma natal. Fascinada muy a su pesar, se concentró en sus palabras. Podría haberse quedado todo el día escuchándolo, aunque lo que estuviese diciendo Lucas fuese la lista de la compra.

Unos minutos más tarde, la limusina se detenía delante de la entrada del hotel. Carla sintió un momento de pánico al ver a la prensa esperando. La publicidad era lo suyo, había nacido para aquello, pero no esa mañana.

–¿No hay una puerta trasera?

Lucas, que no parecía nada preocupado, cerró

el teléfono y se lo metió en el bolsillo sin decir una palabra.

Ella lo miró con irritación.

—Lo último que necesitamos ahora es que nos vean llegar juntos, como si fuésemos una pareja.

—No te preocupes por la prensa. Todo está controlado.

—¿Qué quieres decir? —le preguntó ella—. Si la prensa no me ve en un par de días, nos dejarán tranquilos.

—No —le respondió Lucas—. Esta vez, no.

La puerta de la limusina se abrió. Lucas salió delante. Carla lo siguió muy a su pesar. Hacía mucho calor en el centro de Sídney.

Los periodistas se acercaron. Para alivio de Carla, un equipo de seguridad los mantuvo a raya.

Lucas apoyó la mano en la curva de su espalda y el calor de esta le penetró a través del vestido. Echaron a andar, ella muy recta y tensa, para que Lucas se diese cuenta de que no estaba nada cómoda con la situación.

Carla vio su reflejo en las puertas de cristal del hotel. Lucas alto y fuerte a su lado, con esa mirada gélida que siempre la estremecía. Rodeados de hombres que los protegían. No pudo evitar pensar que parecían salidos de una película de gánsteres.

Las puertas se abrieron y el frío del aire acondicionado del hotel la golpeó mientras se dirigían a los ascensores. Un guardia de seguridad los esperaba en uno vacío. Carla se sintió aliviada al entrar.

Antes de que las puertas se cerrasen, una reportera muy bien vestida, micrófono en mano y seguida de un cámara, las sujetó.

–Señor Atraeus, señorita Ambrosi, ¿nos pueden confirmar los rumores de que Sienna Atraeus está embarazada?

Hubo un momento de confusión antes de que el equipo de seguridad reaccionase y los hiciese retroceder.

Lucas dio una orden. Las puertas se cerraron y Carla se encontró a solas con Lucas en el ascensor.

Se le encogió el estómago.

«Sienna embarazada».

–Constantine me ha llamado hace un rato para contarme que Sienna está embarazada, y que era posible que la noticia se hubiese filtrado a la prensa.

Carla no pudo evitar sentirse mal. Se alegraba de que su hermana fuese feliz, pero le dolía que tuviese todo lo que ella se acababa de dar cuenta de que quería. No necesariamente en ese momento, pero sí en un futuro, en su orden natural, y con Lucas.

Pero este no parecía querer comprometerse.

Aturdida, notó cómo el ascensor subía. Si estaba embarazada, tendría que asumir que no se casarían, que no habría final feliz, marido al que amar ni que los quisiese al niño y a ella.

Se dio cuenta de que el ascensor se había detenido. Respiró hondo, pero el oxígeno no la alivió. Estaba mareada, le temblaban las rodillas. No estaba enferma, estaba asustada.

Lucas la agarró del brazo, sujetándola. Su cabeza tocó la barbilla de él y eso hizo que se estremeciese. Aspiró su olor.

Lucas dijo algo breve en su idioma.

–Maldita sea, estás embarazada.

Un segundo después, las puertas del ascensor se abrieron.

Carla agarró la correa de su bolso de manera automática y salió al pasillo. El equipo de seguridad de Lucas, que debía de haber tomado otro ascensor, los estaba esperando.

Lucas la agarró del hombro.

–Ve despacio. Te estoy sujetando.

–Ese es en parte el problema.

–Pues supéralo. No me voy a marchar.

Ella lo miró con frialdad.

–Pensé que se trataba precisamente de marcharse.

Él no respondió porque habían llegado a la sala en la que tendría lugar la rueda de prensa.

Tomas, el secretario personal de Constantine; y la madre de Lucas, Maria Therese, ya estaban sentados. Carla se sentó al lado de Lucas. Unos segundos después, Zane entraba en la sala con Lilah.

Las preguntas comenzaron y a Carla se le encogió el estómago a pesar de que solo podían tocar temas profesionales. No obstante, cuando Lucas se puso en pie, indicando que la rueda de prensa había terminado, se lanzaron a hacerle preguntas personales.

Lucas entrelazó los dedos con los suyos y la ayudó a levantarse. Cuando Carla intentó soltarse discretamente, por miedo a causar más especulaciones incómodas, él la sujetó con firmeza.

Al bajar del podio en el que estaban, los periodistas los rodearon.

Un conocido reportero de televisión plantó un micrófono delante de Lucas y le preguntó:

–¿Confirma o desmiente la noticia de que han retomado su relación?

Lucas la apretó contra su cuerpo mientras seguían avanzando. La miró a los ojos y después respondió:

–Todavía no hemos emitido un comunicado oficial, pero puedo confirmarle que Carla Ambrosi y yo llevamos dos años comprometidos.

Toda la sala se revolucionó. Lucas dio una orden seca y el equipo de seguridad los cercó. Lucas la agarró todavía con más fuerza y la sacó casi en volandas de la habitación.

Sorprendida y acalorada, Carla se aferró a su cintura para mantener el equilibrio. Poco después estaban encerrados en lo que parecía ser un claustrofóbico montacargas, rodeados de guardaespaldas.

Carla se retorció, intentando soltarse de Lucas sin éxito. El botón más alto del vestido se le desabrochó y él metió la mano y le acarició un pecho.

De repente, como si le hubiesen dado a un botón, Carla se vio inundada de recuerdos, algunos tan ardientes y sensuales que se le endurecieron los pezones.

Lucas le devoró el escote con la mirada.

–No te muevas –le dijo.

Pero él no apartó la mano.

Carla no lo estaba pasando bien. Después de la humillación de la noche anterior, lo último que necesitaba era volver a excitarse, volver a sentirse pequeña y fácil. Por desgracia, su cuerpo no estaba en consonancia con su mente. No pudo controlar el rubor de su piel, ni el automático endurecimiento de sus pechos, y Lucas se dio cuenta.

Las puertas se abrieron. Antes de que le diese tiempo a protestar, estaban moviéndose otra vez, en esa ocasión por los sótanos del hotel. Salieron por una puerta que daba a un aparcamiento en el que había varios vehículos, incluida una limusina.

Aquello la puso furiosa. Allí estaba la puerta trasera que ella había necesitado una hora antes.

Entró en el vehículo agarrando su bolso con fuerza. Lucas se sentó a su lado, rozándola con su musculoso muslo. Ella se apartó como si el contacto le quemase.

Lucas la miró mientras el coche aceleraba.

–¿Estás bien?

Su tranquilidad la puso todavía más nerviosa. Buscó el cinturón y se lo abrochó.

–¿Comprometidos?

Era lo que había querido una semana antes. Le habría encantado.

–Corrígeme si me equivoco, tal vez me he perdido en algún momento, pero no recuerdo que me hayas dicho nunca que querías casarte conmigo.

Vio la mirada sorprendida de Tiberio a través del espejo retrovisor.

Lucas estaba muy serio. La pantalla que separaba al conductor del asiento trasero se cerró, envolviéndolos en una burbuja de silencio.

Carla miró a Lucas, furiosa. Se le había soltado el pelo con el ajetreo del hotel y estaba sudando. Todo lo contrario que él, que seguía impasible.

–Es la solución más lógica.

–Es una forma completamente innecesaria de controlar los daños –respondió ella, recordando el botón desabrochado de su vestido y apresurándose a cerrarlo–. Tal vez no esté embarazada.

La voz le salió ronca y tensa, muy a su pesar, y se preguntó si Lucas se habría dado cuenta de lo mucho que, de repente, deseaba estar embarazada.

–Ahora mismo da igual que lo estés o no.

A ella se le encogió el corazón. Por un momento, pensó que Lucas iba a admitir que estaba enamorado de ella, que no le importaba si estaba embarazada o no, pero que no podía vivir sin ella. Entonces la realidad disolvió aquella fantasía.

–El problema es lo que están publicando los periódicos –comentó Carla–. ¿Sabes lo humillante que es que te ofrezcan un matrimonio a la fuerza?

–Nadie te está obligando a nada. No creo que la opción del matrimonio sea tan sorprendente. Sobre todo, después de lo ocurrido en Medinos. Y anoche.

–Supongo que es una opción práctica –dijo ella, cada vez más desanimada.

–No te lo plantearía si no quisiera casarme contigo.

–¿Es eso una propuesta?

–No era lo que tenía planeado, pero sí –respondió él, con expresión distante.

–Ya.

Carla respiró hondo y contó hasta diez.

–Mi mayor error fue acceder a acostarme contigo.

De repente, Lucas estaba a su lado, con el brazo en su espalda, invadiéndola con su olor.

–¿Cuándo?

Ella miró fijamente al frente e intentó ignorar el brillo de sus ojos, aquel suave coqueteo que estaba minando su fuerza de voluntad.

Ese era otro de los puntos fuertes de Lucas, además de su poder e influencia en los negocios. Cuando quería, podía ser un hombre increíblemente seductor y atento, pero en esa ocasión, Carla se negó a caer en la trampa.

–Siempre.

Él tomó un mechón de su pelo y tiró de él con suavidad. Carla notó su aliento en el cuello.

–Eso son muchos errores.

De los que ella había disfrutado.

Se resistió a girar la cabeza hacia él y a permitir que la conversación los llevase al destino que Lucas estaba tan claramente buscando: un apasionado beso.

–Jamás debí acostarme contigo, punto.

Él dejó caer el mechón de pelo y se sentó recto, indicándole que había cambiado de táctica.

–¿Quieres decir que si hubieses jugado bien tus cartas podrías haber conseguido el matrimonio desde el principio?

Capítulo Diez

La irresistible atracción se vio bruscamente sustituida por el dolor.

–Que nunca te hablase de matrimonio no quiere decir que no pensase que pudiese ocurrirnos en un futuro. ¿Qué tiene eso de malo?

Se hizo el silencio en la limusina. Carla vio a Tiberio mirar con nerviosismo a través del espejo retrovisor. Ella giró la cabeza hacia el tráfico y el estómago se le puso del revés.

Se miró el reloj. Solo se había tomado un café para desayunar y eran más de la una. No tardarían en comer, lo que aplacaría los ácidos de su estómago, pero no podía esperar tanto. Buscó en su bolso y sacó la pequeña bolsa de plástico en la que llevaba los antiácidos y un par de galletas. Sacó una y la mordió.

–El matrimonio ya está en el orden del día –le recordó Lucas–. Y necesito una respuesta.

Ella se terminó la galleta y se volvió a guardar la bolsa de plástico en el bolso.

Lucas estudió sus movimientos con fascinación.

–¿Siempre te da por comer cuando te piden en matrimonio?

–Tenía hambre. Necesitaba comer algo.

–Lo recordaré si tengo la ocasión de volver a pedirte que te cases conmigo.

Carla cerró el bolso. Tal vez fuese una tontería no contarle que tenía una úlcera, pero tampoco era tan importante y todavía estaba dolida porque Lucas no se había molestado en comprobar cómo estaba después de haberla metido en un avión en dirección a casa desde Tailandia.

Recordó lo seco que había sido con ella y se puso tensa.

–No sé por qué quieres casarte, si rompiste conmigo porque no me veías como esposa.

Él la miró fijamente.

–En realidad, siempre has cumplido el requisito más importante –le dijo.

De repente, Carla volvió a notar el calor de su brazo en la espalda.

–¿Cuál?

Y contuvo la respiración mientras Lucas la agarraba de la barbilla con la mano que tenía libre. Tenía un segundo para girar el rostro o retroceder y que no la besase, pero no hizo ninguna de las dos cosas. Lo permitió.

Varios minutos después, Lucas levantó la cabeza.

–Querías saber por qué me parece factible nuestro matrimonio. Este es el motivo.

Trazó la línea de su pómulo con un dedo, haciendo que se estremeciese y encendiendo una intensa tensión en ella. Volvió a besarla. La tensión aumentó. Carla se inclinó hacia él para profundizar el beso, lo agarró por el cuello y lo acercó más.

Cuando por fin Lucas rompió el beso, tenía la mirada ausente.

–Se me han hecho demasiado largos estos dos meses sin ti. Lo que ocurrió en Medinos y en mi apartamento lo dice todo. Quiero que volvamos a estar juntos.

Carla lo soltó y se apartó.

Aquello no era precisamente lo que quería oír, pero no podía evitar seguir teniendo esperanza.

Lucas había intentado terminar con su relación, pero no había ocurrido. Ella no lo había persegui-do. Si él hubiese querido acabar de verdad, lo ha-bría hecho sin ningún reparo.

No había podido hacerlo porque no podía resis-tirse a ella.

Tal vez Lucas pensase que lo que había entre ambos era solo sexo, pero ella prefería llamarlo quí-mica. Había un motivo por el que se atraían que iba más allá de lo físico, hasta lo emocional. A pesar de sus problemas y de sus discrepancias, en el fondo Carla sabía que eran perfectos el uno para el otro.

El hecho de que su relación hubiese durado dos años demostraba que, lo quisiera Lucas o no, ella era distinta. Lo sabía porque se había molestado en averiguarlo. Lucas solo había tenido una relación seria antes que ella, una modelo llamada Sophie. De eso hacía unos cinco años. El hecho de que qui-siera casarse en esos momentos, sin saber todavía si estaba embarazada, demostraba lo mucho que la deseaba.

No era amor, pero Carla estaba segura de que la

potente química que llevaba atándolo a ella dos años podía convertirse en amor.

Se estaba aferrando a un clavo ardiendo. Tenía el corazón acelerado y le ardía el estómago. Existía la posibilidad de que Lucas jamás la amase, de que nunca se comprometiese del todo con la relación. Existía la posibilidad de que fuese a cometer el mayor error de su vida.

Pero, a pesar de todo, lo cierto era que había tomado la decisión desde el momento en el que lo había oído decírselo a la prensa.

Amaba a Lucas.

Si existía la posibilidad de que él también la amase, se arriesgaría.

Lucas bajó la pantalla que los separaba de Tiberio y le habló rápidamente en medinio.

Carla vio la mirada escéptica del guardaespaldas a través del espejo retrovisor antes de confirmarle que pararían en la joyería, tal y como estaba previsto.

Carla se dio cuenta de que Lucas no sonreía divertido al ver dudar a su guardaespaldas, como había hecho en otras ocasiones. Y ella estaba empezando a compartir las dudas de Tiberio. Todavía no había dicho que sí y Lucas ya estaba seguro de que iba a hacerlo.

Estaba hurgando de nuevo en su bolso cuando la limusina se detuvo en el centro de la ciudad.

—Esto no es el restaurante.

Tiberio abrió la puerta y Lucas salió y le tendió la mano.

–Tenemos que hacer una parada antes de comer.

Carla salió también y vio que estaban delante de Moore's, una famosa joyería que, casualmente, pertenecía al Grupo Atraeus.

–Lo tenías todo planeado –le dijo a Lucas en tono acusador.

–Ambos sabíamos desde anoche que la historia saldría en la prensa.

A ella le brillaron los ojos azules. Antes de que le diese tiempo a empezar a discutir y a responderle con un no, Lucas la llevó hacia la puerta de la joyería.

Se sentía frustrado porque todavía no le había dado una respuesta, pero intentó controlarse.

Le ofreció el brazo y se obligó a esperar pacientemente a que ella lo aceptase.

–¿Qué te hace pensar que voy a seguir adelante con esto? –le preguntó Carla en tono glacial.

–Siento haber intentado obligarte –le dijo Lucas muy serio–. He manejado mal la situación.

Había utilizado sus tácticas empresariales para manipular a Carla. Había dado por hecho que cuando le propusiese que se casasen se mostraría, si no eufórica, sí contenta.

En su lugar, parecía infeliz, y él estaba empezando a sudar.

Se lo merecía y sabía que lo que necesitaba en esos momentos era paciencia para conseguir lo que quería.

Así que tendría paciencia.

–El anillo es importante. Así que tienes que entrar a elegir uno.

–Supongo que necesitamos uno porque llevamos dos años comprometidos, y lo normal es que me quisieras lo suficiente como para haberme comprado un anillo.

Él ignoró la expresión escandalizada de Tiberio y respondió:

–Exacto. Si no tienes anillo, la gente se hará preguntas.

–Así que el anillo añade credibilidad a la historia.

La puerta se abrió. Un hombre de pelo cano, vestido con un elegante traje oscuro y corbata de rayas, apareció al lado de un guardia de seguridad.

–Señor Atraeus –murmuró–. Señorita Ambrosi. Me llamo Carstairs y estoy al frente de la tienda. Vengan por aquí.

Lucas intentó contener su enfado y se concentró en Carla. Si esta rechazaba el anillo, pediría que le enviasen una selección a casa, para que lo eligiese allí.

Lo importante era que aceptaste su proposición y eso todavía no había ocurrido.

–¿Estás preparada?

Sus miradas volvieron a chocar, pero Carla lo agarró del brazo.

Con la mandíbula apretada, Lucas controló sus emociones haciendo un gran esfuerzo. Por un instante, se dio cuenta de que Tiberio parecía aliviado.

Él se sintió igual mientras subía las escaleras y permitía que Carla entrase delante de él en el edificio.

Le diría que sí. Tenía que hacerlo.

Era un cambio radical, pero una vez tomada la decisión de que quería tenerla en su vida de manera permanente, se sentía extrañamente tranquilo.

Le gustase o no, necesitaba poseerla. Sexualmente, había perdido el control con Carla desde el principio, cosa que no le había ocurrido con ninguna otra mujer.

También era evidente que no soportaba imaginársela con Panopoulos ni con ningún otro hombre. Eso había hecho que lo viese todo con claridad. A pesar de todas las cosas que podían salir mal en aquella relación, Carla era suya.

Si tenía que ser paciente y esperarla, lo haría.

Carla entró en la habitación que Carstairs le indicaba, agradecida de poder alejarse de la intensidad de la mirada de Lucas y de su propia inquietud interior. Por un instante, había estado a punto de decirle que sí. Se habría casado con él, habría hecho lo que Lucas le hubiese pedido, solo para conseguir que siguiese mirándola siempre de aquella manera.

La habitación era un elegante salón con cómodos sofás de cuero y mesas de café. De fondo sonaba música clásica. Encima de la mesa más grande había una selección de anillos colocados sobre bandejas de terciopelo negro.

104

Carstairs, que la miraba de una manera extraña, le hizo un gesto para que se sentase y viese los anillos, y después le preguntó si quería un café o champán. Ella rechazó ambas bebidas con una tensa sonrisa, se sentó e intentó concentrarse en los anillos. Lucas, que tampoco había querido tomar nada, se paseó por el salón como un tigre enjaulado, y luego se detuvo justo a su espalda.

Aturdida por el calor de su aliento en la nuca, Carla miró los anillos sin verlos.

—No pensé que te interesasen las joyas.

—Me interesas tú –le dijo Lucas–. Este.

Y tomó uno con una piedra azul clara con forma de lágrima en el que Carla se había fijado porque estaba en una bandeja en la que había muy pocos anillos, todos muy caros.

Lucas se lo dio y luego consultó con Carstairs.

—Es un diamante azul, de Brasil. Muy inusual, y del mismo color que tus ojos. ¿Te gusta?

Ella estudió el suave y fascinante brillo del diamante, pero lo que más le interesó fue que Lucas lo hubiese escogido porque era del mismo color que sus ojos. Se puso el anillo en el dedo. Le quedaba perfecto.

—Me encanta.

Lucas la miró a los ojos y, por un momento, Carla se sintió absurdamente aturdida.

—Nos lo llevamos –dijo él, dándole a Carstairs su tarjeta de crédito.

Ella se quitó el anillo y volvió a dejarlo en su sitio. Se puso en pie, de repente, tenía pánico.

–Todavía no te he dicho que sí.

Lucas habló en su idioma a Carstairs, que hizo una inclinación de cabeza y salió de la habitación con la tarjeta de crédito de Lucas en la mano, lo que significaba que este iba a comprar el anillo de todos modos. Al mismo tiempo, una elegante mujer mayor recogió las bandejas y se marchó con Tiberio, dejándolos a solas. El anillo azul se quedó encima de la mesa.

La música clásica que había de fondo dejó de sonar y se hizo un inmenso silencio.

Carla se acercó al ventanal y miró hacia el pequeño jardín que había delante, dominado por la limusina, y entonces salió el tema que tanto había intentado ignorar y que era lo que más le dolía. Lucas no la quería. En realidad, quería a Lilah, que era todo lo contrario a ella: tranquila, serena y contenta con ocupar un segundo plano.

Mirando atrás, tal vez lo hubiese intentado demasiado y Lucas nunca la había visto a ella en realidad, sino la imagen alegre y bonita que había intentado dar. La única vez que había visto a la verdadera Carla había sido en Tailandia, y había salido corriendo.

–¿Y qué pasa con Lilah?

–Hablé anoche con ella. Zane se está ocupando de todo.

–Pensé que estabas enamorado.

Lucas se acercó a su lado.

–Me acompañó a la boda, eso es todo. Y, no, no nos acostamos juntos. No nos besamos. Lo único que hice fue agarrarla de la mano.

Carla se sintió tan aliviada que le temblaron las rodillas. Él la agarró por la cintura y apoyó la palma de la mano en su vientre.

–No tenía pensado casarme, con nadie, pero la situación… ha cambiado. No olvides que es posible que estés embarazada.

La agarró con más fuerza y Carla notó su cuerpo fuerte en la espalda. Vio su reflejo en el cristal, Lucas alto y poderosamente masculino, ella más pálida y femenina.

–¡No me puedo casar solo por un bebé que tal vez no exista! Tiene que haber algo más. Sienna se ha casado con el hombre al que ama. Un hombre que la quería lo suficiente como para secuestrarla…

–¿Me estás diciendo que quieres que te secuestre?

Ella clavó la vista en los ojos oscuros de Lucas, en su fuerte mandíbula.

–Solo estoy diciendo que Constantine ama a Sienna. Y que eso es importante.

Lucas la miró con intensidad.

–Tú también me quieres a mí.

Capítulo Once

Carla respiró profundamente al oír hablar a Lucas con tanta seguridad.

–¿Qué esperabas, que fuese tan frívola que solo quisiera acostarme contigo?

–¿Quieres decir que eso es lo único que quiero yo? –le preguntó Lucas–. Tranquilízate. Estoy... contento.

–¿Porque eso facilita las cosas?

–Nos vamos a casar –sentenció él–. Esto no es una negociación.

No cometió el error de intentar besarla. En su lugar, la soltó, fue hasta la mesita y tomó el anillo.

–¿Y si no estoy embarazada?

–Ya hablaremos de eso cuando llegue el momento.

Carla apretó la mandíbula. No quería crear problemas, pero tampoco iba a permitir que Lucas le pusiese aquel anillo hasta que no dijese todo lo que tenía que decir.

–No estoy segura de querer casarme en estas condiciones.

–Tú verás –respondió él, empezando a perder la paciencia–, pero no cuentes con la intervención de Alex Panopoulos. Le hice cambiar de opinión ayer.

–¿Le has amenazado?

–Sí –respondió él en tono neutral, pero con la mirada tan fría y brillante que Carla se estremeció.

Eso demostró a Carla que estaba celoso y, teniendo en cuenta lo frío y calculador que era en su vida, si estaba celoso tenía que ser porque sentía algo fuerte, especial, por ella.

Se dio cuenta de que tenía dos opciones. O marcharse y perderlo o quedarse e intentar luchar por su amor.

Levantó la barbilla. No era ninguna cobarde. Al menos, lo intentaría.

–De acuerdo –dijo con voz ronca, tendiendo la mano para que Lucas pudiese ponerle el anillo.

Este encajó perfectamente en su dedo. Carla miró la brillante piedra y, de repente, notó que se le encogía el pecho.

Lucas se llevó su mano a los labios.

–Te queda muy bien.

La inesperada caricia y el tono ronco de su voz hicieron que Carla se emocionase.

–Es precioso.

Él inclinó la cabeza y le dio un suave beso en los labios.

–Tengo buen gusto.

A pesar de esforzarse en estar tranquila y en no permitir que Lucas se diese cuenta de lo mucho que aquello significaba para ella, Carla se ruborizó.

–¿Para los anillos o para las mujeres?

Él sonrió y le dio otro beso.

–Para ambas cosas.

Lucas ayudó a Carla a subir a la limusina. Se sentía completamente satisfecho.

Carla lo quería.

Lo había sospechado, pero no había estado seguro hasta que no se lo había oído decir. Su implicación emocional era algo con lo que no había contado al decidir casarse con ella.

Pero sabiendo que lo amaba y que se iba a casar con él, no había ningún motivo para que no se mudase lo antes posible a su casa. Ni para postergar la boda.

Su boda.

Desde la muerte de Sophie no había vuelto a pensar en casarse porque no había conseguido superar la culpabilidad que sentía por el accidente.

Hasta que no había conocido a Carla, había evitado implicarse con nadie. La semana de Tailandia había sido un momento crítico. Le había hecho traspasar una frontera a la que llevaba cinco años evitando acercarse.

Pero Carla había accedido a casarse con él y era posible que estuviese embarazada, tenía que hacer frente a una doble responsabilidad y ya notaba en su interior el deseo de protegerla.

Con Sophie no le había dado tiempo a procesar la sorpresa del embarazo. Esta no le había dado la oportunidad. La situación con Carla era completamente distinta, no quería abortar.

En ese momento se dio cuenta de que uno de los motivos por los que quería casarse con Carla era que confiaba en ella.

De camino al restaurante en el que Lucas había reservado mesa, Carla se dedicó a admirar el increíble anillo y a preguntarse qué iba a decir la madre de este.

Lucas, que había estado todo el tiempo hablando por teléfono, la agarró del brazo para salir de la limusina.

–Ahora que estamos comprometidos, quiero que cumplas una norma: no hablar con la prensa sin haberlo hecho antes conmigo.

Carla se puso tensa.

–Soy relaciones públicas. Me siento capaz de hablar con la prensa.

Lucas le hizo un gesto a Tomas, que estaba esperándolos a la entrada del restaurante.

–Tu trabajo en Ambrosi es una cosa y la familia Atraeus, otra muy distinta.

–Puedes confiar en mí.

Él la miró con impaciencia.

–Lo sé. Lo que me preocupa es la seguridad. Por cierto, te he reservado una habitación en el hotel para la fiesta de lanzamiento. Saldremos mañana a primera hora.

Carla se quedó inmóvil, de repente, se sentía feliz. Lucas había hecho aquello antes de pedirle que se casara con ella. Sabía que no le iba a permitir que presentase el evento, pero eso era un detalle sin importancia. Podría asegurarse de que todo salía bien, que era lo importante. Por fin estaba empezando a creer que aquel matrimonio podría funcionar.

–Mi contrato vence la semana que viene.

–Ya está firmada la renovación.

–Tengo la sensación de que ha sido demasiado fácil.

Lucas la agarró por la cintura para entrar al restaurante.

–Lo iba a renovar de todos modos. Se te da muy bien el trabajo y, además, quiero que seas feliz.

Aquello la animó todavía más. Todavía no era perfecto, aún tenía que lidiar con la distancia emocional que Lucas ponía entre ambos, pero estaba mejorando.

Maria Therese, Zane y Lilah ya estaban sentados a la mesa. A Carla se le encogió el estómago al ver cómo la estudiaba con la mirada la madre de Lucas.

–¿Sabe tu madre cuánto tiempo llevamos juntos? –le preguntó a este.

–Eres una Ambrosi y mi futura esposa. Estará encantada de aceptarte en la familia.

–Entonces, es que lo sabe.

El complejo turístico escogido para el lanzamiento de la nueva colección era de estilo balinés y estaba situado en una bahía privada, con exuberantes jardines tropicales.

Un lugar precioso.

El *hall* del hotel era tal y como Carla lo había

imaginado cuando había buscado el lugar adecuado para la ocasión.

No obstante, cuando se acercó al mostrador se enteró de que su reserva había sido cancelada y que no había ninguna otra habitación libre.

Lucas, vestido con unos pantalones claros y una camisa blanca que realzaba su rostro moreno, le explicó lo ocurrido:

–Vas a compartir habitación conmigo. La suite está a mi nombre.

Carla supo que se estaba comportando así porque no confiaba del todo en ella y quería tenerla controlada, pero ignoró sus palabras y le preguntó a la recepcionista:

–¿Está segura de que no queda ninguna habitación libre? ¿Y la que estaba reservada a nombre de Lilah Cole?

Lilah había cancelado el viaje en el último momento.

La recepcionista miró a Lucas.

–Lo siento, señora, había lista de espera y ya hemos asignado esa habitación a otro cliente.

Carla esperó a estar en el ascensor. El buen humor del que había gozado durante las dos horas de viaje en el Ferrari de Lucas estaba empezando a desaparecer. Le habría gustado que Lucas le preguntase antes de decidir que iban a compartir habitación. Este estaba callado, pensativo. Algo iba mal y ella no sabía qué era.

Lo vio apoyarse en la pared del ascensor con los brazos cruzados.

–Es solo una habitación de hotel. Pensé que querías que estuviésemos juntos.

–Y quiero.

Él frunció el ceño. La relajación de su rostro, producto de una maravillosa noche en su cama, desapareció.

–Entonces, ¿qué pasa? Ya te he dicho que entre Lilah y yo no había nada.

–No se trata de eso…

Las puertas se abrieron. Una pareja joven con tres niños pequeños estaba esperando el ascensor.

Lucas la sacó al pasillo.

–Continuaremos esta discusión en la habitación.

Su equipaje ya estaba allí, pero Carla casi ni se fijó. La enorme habitación estaba llena de ramos de rosas de todos los colores.

Aturdida, fue hasta el dormitorio, donde además de rosas había una cubitera con una botella de champán, una cesta de fruta fresca y bombones.

Lucas llevó allí sus maletas. Las acababa de dejar en el suelo cuando Carla lo abrazó.

–Lo siento. Has organizado todo esto, que es precioso, y yo solo he sabido quejarme.

Él la abrazó también y Carla se sintió mejor.

Nada más darse cuenta de lo que había hecho Lucas, de lo mucho que deseaba complacerla, la idea de que algo iba mal se había evaporado. Se sentía avergonzada y arrepentida de su comportamiento.

Se pasó la siguiente hora recolocando las flores y deshaciendo la maleta. Acababa de sacar el vestido que iba a ponerse esa noche cuando Lucas salió duchado y vestido de traje, y le dijo que tenía que marcharse a hacer unas entrevistas.

Carla frunció el ceño al oír que llamaban a la puerta. Abrió y se encontró con una joven vestida con el uniforme del hotel y un perchero. Después de una breve conversación, descubrió que Lucas le había hecho llegar varias cosas para que viese qué le gustaba y devolviese lo que no.

Sintiéndose un poco como *Alicia en el país de las maravilla*s, Carla abrió la puerta para dejar pasar a la chica, que entró con el perchero en el que había varios vestidos metidos en fundas de plástico y cajas de zapatos en la parte de abajo, todo de las caras tiendas del hotel. Firmó un recibo y cerró la puerta.

No tardó en darse cuenta de que los vestidos, a pesar de ser de su talla y de importantes diseñadores, no eran de su estilo. Dos de ellos eran demasiado cerrados, uno de color rosa claro y el otro de encaje color perla. Ambos eran elegantes, pero no le gustaron.

En las cajas había zapatos, chales y ropa interior a juego. Carla no pudo evitar fijarse en que los zapatos tenían poco tacón.

A pesar de sentirse deslumbrada por tan bonitos regalos, ninguno se adecuaba a su estilo. Eran demasiado formales o, mejor dicho, aburridos, como para su madre.

A excepción de la ropa interior, que era sexy y bonita, era evidente que lo que había pretendido Lucas al mandarle aquello era intentar que bajase

115

el tono. Lo que significaba que seguían con el mismo problema de siempre. A pesar del compromiso, Lucas seguía sin aceptarla tal y como era. Y si no podía aceptarla, tampoco podría amarla.

Buscó su teléfono y lo llamó. Este respondió enseguida, con impaciencia.

—No pienso ponerme los vestidos que me has mandado.

—¿Podemos hablarlo más tarde? —preguntó él en voz baja, indicándole que no estaba solo.

A Carla le daba igual.

—No, vamos a hablarlo ahora. Me molesta que insinúes que visto de manera indecente…

—He dicho…

—Soy una mujer y, por si no lo sabías, tengo un buen cuerpo. No me compro ropa que resalte mi atractivo…

—Espera. Ahora subo.

Lucas colgó el teléfono. Ella cerró el suyo con el corazón acelerado, lo guardó en su bolso y se quedó mirando el montón de cosas que Lucas le había mandado. Notó que el corazón se le encogía en el pecho.

Había guardado los zapatos y estaba haciendo lo mismo con la ropa interior cuando se abrió la puerta.

Lucas la cerró de un portazo y tiró de su corbata.

—¿Cuál es el problema?

Carla apartó los ojos de la mirada encendida de Lucas, que estaba despeinado y muy sexy con la corbata aflojada.

116

Tomó el vestido rosa.

–Esto, para empezar.

–¿Qué le pasa? –preguntó Lucas con el ceño fruncido.

Ella se lo acercó al cuerpo.

–Es un crimen contra la humanidad.

Lucas se agarró el puente de la nariz como si estuviese muy tenso.

–¿Te das cuenta de que en Medinos, como futuro marido tuyo que soy, tengo derecho a decirte lo que tienes que ponerte?

Por un instante, Carla pensó que le estaba gastando una broma.

–Esa es una costumbre medieval…

–Tal vez yo sea un tipo medieval.

Carla parpadeó. De repente, ya no estaba segura de querer conocerlo de verdad.

–Yo me compro la ropa por cómo me siento con ella, no para exhibirme. Si eso significa que de vez en cuando voy escotada, tanto tú como el resto de tus compatriotas tendréis que acostumbraros.

Tomó la ropa interior de color rosa, que era minúscula.

–¿Esto sí está permitido llevarlo?

–Por supuesto.

Ella lo metió todo en su caja.

–Ya puedes ir olvidándote de tu plan.

–¿Qué plan?

–El de convertirme en una especie de maniquí perfecto y meterme en una habitación en Medinos con un marco de madera tallada en la mano.

Lucas se frotó la mandíbula, su mirada volvía a ser cauta.

–De acuerdo, tengo que admitir que estoy perdido.

–No me gusta que me traten como si fuese demasiado tonta para saber cómo debo vestirme. No estamos en una mina de oro ni en una obra, estamos en un acontecimiento perteneciente a la industria de la moda.

–Estamos prometidos –replicó él–. No voy a permitir que los demás hombres se te coman con los ojos.

–Ni siquiera sabes qué voy a ponerme esta noche –le dijo Carla.

Se acercó a la cama y levantó una percha en la que había un vestido dorado con cuello barco.

–Es sencillo, elegante, no tiene escote y, sobre todo, me gusta a mí.

–En ese caso, acepta mis disculpas.

Sintiéndose extrañamente desanimada, Carla volvió a dejar el vestido en la cama. Al girarse, Lucas la abrazó.

Ella apoyó las manos en su pecho de manera automática. Se dio cuenta de que Lucas tenía el corazón acelerado, pero no intentó acercarla a él ni besarla.

–No pretendía disgustarte, pero hay una cosa que vas a tener que entender de mí: yo no comparto. Me da igual lo que lleves puesto, pero no quiero que otros hombres piensen que estás disponible. Y a partir de ahora la prensa estará vigilándote de cerca.

–No soy una irresponsable, ni me gusta provocar –le contestó ella, apartándose.

El problema era que nunca había entendido los cambios de humor de Lucas, no lo entendía a él. Tan pronto era cariñoso y atento como se ponía distante y frío, y esa distancia la asustaba, porque podía significar que algún día se cerrase por completo a ella y la abandonase.

Empezó a colgar los vestidos con cuidado en sus perchas.

–¿Por qué nunca quisiste tener una relación seria conmigo? Tenías pensado romper por completo.

Él se llevó la mano a la nuca.

–Nos conocimos y esa misma noche nos acostamos. En ese momento no estaba pensando precisamente en el matrimonio.

–Y después de lo de Tailandia, mucho menos.

–Hice un esfuerzo para poder viajar contigo a Tailandia. No podía tomarme más tiempo.

–¿Y si hubiese estado muy enferma?

Él la miró con impaciencia.

–Si hubieses estado muy enferma me habrías llamado, pero no lo hiciste.

–No.

–¿Me estás diciendo ahora que lo estuviste y que no me llamaste?

–Aunque lo hubiese estado tú no habrías querido saberlo, porque cuidar de mí en Tailandia fue demasiado para ti, ¿verdad?

–Sigue hablando por mí –murmuró él–. Quiero saber cómo de insensible piensas que soy.

Carla se sintió frustrada. De repente, se le ocurrió que la actitud de Lucas se parecía a la de su padre. Roberto Ambrosi siempre había odiado hablar de temas personales. Era su manera de defenderse.

–Si no era lo que querías antes –continuó ella–. ¿Cómo es posible que ahora sí sea esa persona?

Hubo un breve y tenso silencio.

–Porque me he dado cuenta de que no eres Sophie.

Carla se quedó de piedra.

–¿Sophie Warrington?

–Eso es. Estuvimos viviendo juntos casi un año. Falleció en un accidente de tráfico.

Carla parpadeó. Se acordaba de la historia. Sophie Warrington había sido una mujer muy bella y famosa, caprichosa y con gustos caros. Había perdido un par de contratos con empresas de productos cosméticos por sus rabietas. También había sido muy famosa por sus aventuras amorosas.

De repente, Carla se dio cuenta de por qué tenía la sensación de no controlar aquella relación. Estaba luchando contra un fantasma, un fantasma irresponsable y bello que había conseguido que Lucas no se fiase de ninguna mujer.

Mucho menos en una que se parecía a Sophie y que, además, trabajaba en el mismo mundo.

Capítulo Doce

Media hora después, tras tomarse la medicación con un gran vaso de agua, Carla comió algo y decidió darse un paseo por la playa antes de prepararse para la fiesta de esa noche. Con ello no conseguiría deshacerse del fantasma de Sophie Warrington, pero se mantendría ocupada.

Se recogió el pelo en un moño, se puso un biquini azul eléctrico y se anudó un pareo sobre los pechos. Metió su monedero en una bolsa de playa azul turquesa, se puso las gafas de sol y salió.

Media hora después se detenía en una terraza de la playa, pedía un refresco y veía a Tiberio acechar entre las palmeras. Se había enterado de que no era un guardaespaldas cualquiera, sino el jefe de seguridad de Lucas. Así que si estaba allí tenía que ser porque Lucas lo había enviado.

Molesta por aquella invasión de su intimidad, terminó su bebida y se dispuso a volver al hotel.

El camino más rápido era por la playa, que estaba salpicada de grupos de bañistas tumbados bajo las sombrillas. Caminó por ella, se detuvo y se agachó a recoger una concha, y a mirar atrás. Tiberio la seguía sin ningún disimulo al tiempo que hablaba por teléfono.

Seguro que le estaba contando a Lucas lo que estaba haciendo. Enfadada, Carla apretó el paso. Llegó a los jardines del hotel en un tiempo récord, pero sudada y con calor. Pasó junto a una tentadora piscina, pero se resistió. Y se desvió del camino principal con la intención de perderse entre las plantas.

Allí, el calor era paradójicamente mayor. Redujo el paso y se desató el pareo para ponérselo a la cintura. Y se colocó las gafas de sol en la cabeza.

Oyó pasos detrás de ella. Se giró y se encontró de bruces con Alex Panopoulos.

Este iba vestido con traje de chaqueta, estaba colorado y sudando.

Ella frunció el ceño y se preguntó dónde estaría Tiberio. De repente, se sentía incómoda solo con el biquini.

–¿Qué estás haciendo aquí? –le preguntó.

–Acababa de llegar y te he visto.

–No hacía falta que me siguieras. Vamos a vernos esta noche, en la presentación.

–No. Han anulado mi invitación.

–Lucas…

–Sí –murmuró él–, por eso quería hablar contigo en privado.

Carla se dio cuenta de que le miraba el escote y sintió ganas de subirse el pareo.

–Si es acerca del trabajo…

–No, no es eso –le dijo él, agarrándola de los brazos –. Quiero que sepas lo que siento por ti.

–No me hace falta. Suéltame –le dijo ella, intentando zafarse–. Voy a casarme con Lucas.

–No tienes por qué.

Carla se preocupó al ver que no la soltaba. Intentó echarse hacia atrás con más fuerza, pero Alex la sujetó.

La idea de que pudiese intentar besarla le causó náuseas. Apoyó las manos en su pecho para empujarlo, pero Alex se apartó solo. Un segundo después Carla se dio cuenta de que tenía a Lucas a sus espaldas.

Alex se puso recto y cerró los puños.

Lucas dijo algo en su idioma natal.

Alex retrocedió otro paso, a pesar de que Lucas no había avanzado ni había intentado tocarlo.

Completamente colorado, Panopoulos recogió el maletín que había dejado en el suelo y se marchó por donde había llegado.

Carla se desató el pareo con dedos temblorosos y se lo puso sobre los pechos.

–¿Qué le has dicho?

–No volverá a molestarte –respondió Lucas.

–Gracias. Estaba empezando a pensar que no iba a soltarme –le dijo ella, bajando la vista a las marcas rojas que le había dejado en los brazos.

–¿Te ha hecho daño?

–No.

Carla no pudo evitar sentirse satisfecha de que Lucas hubiese acudido a su rescate.

Cuando llegaron a la habitación, Lucas cerró la puerta y, apoyándose en ella, la abrazó.

Carla se acercó sin protestar. Lo abrazó por el cuello y apretó su cuerpo contra el de él.

Lucas enterró los dedos en su pelo y la besó hasta dejarla sin aliento.

Cuando levantó la cabeza, su expresión era seria.

—Si no hubieses intentado dar esquinazo a Tiberio, Panopoulos no habría tenido la oportunidad de molestarte.

Ella notó que se ruborizaba.

—Necesitaba estar sola.

—A partir de ahora, estarás acompañada por un guardaespaldas o por mí. No es negociable.

—De acuerdo.

Él le tomó el rostro y la miró un instante, divertido.

—Ha sido demasiado fácil. ¿Por qué no me has llevado la contraria?

Carla sonrió.

—Porque estoy contenta.

Él se ruborizó levemente y, de repente, Carla se sintió como una adolescente.

—Ojalá no tuviese que trabajar —dijo Lucas antes de besarla de nuevo.

Ella le devolvió el apasionado beso. Por primera vez en más de dos años, a Carla le pareció que el beso de Lucas y sus caricias eran tal y como debían ser.

La deseaba, pero no sentía solo deseo por ella. También le importaba.

***

Carla se duchó y se vistió para la fiesta. Lucas empezó a ponerse el traje justo cuando ella terminaba de maquillarse.

–Llegas tarde –le dijo al verlo reflejado detrás de ella en el espejo, inclinándose para darle un beso en la nuca.

–Tenía un negocio urgente que atender.

Ella lo miró a través del espejo y sintió ganas de decirle que lo quería. Estaba a punto de hacerlo cuando Lucas salió del cuarto de baño.

–Te veré abajo –le dijo en su lugar.

Unos minutos después, con Tiberio a la zaga, Carla entraba en el salón de baile, donde ya había empezado la fiesta.

Avanzó entre la multitud aceptando felicitaciones y miradas de curiosidad. Cuando llegó tras los bastidores para comprobar que los preparativos iban bien la expresión de Nina era tensa.

–Hemos tenido un contratiempo. La modelo se ha puesto enferma y la agencia nos ha mandado a otra –le explicó, señalando con la cabeza hacia los camerinos.

Carla fue a verla y descubrió que estaba demasiado delgada. Tenía la altura adecuada para el vestido, pero nada más. Le sobraba vestido por todas partes.

La secretaria de Carla, Elise, estaba intentando arreglárselo con alfileres.

Además, la modelo era pelirroja y todo lo demás estaba diseñado en tonos azules y perla. No había nada rojo.

–No –dijo Carla–. Quítale los alfileres al vestido.

Luego sonrió de manera profesional a la modelo y le pidió que se cambiase. Le dijo que la pagarían de todos modos y que estaba invitada a la fiesta, pero que no formaría parte de la promoción esa noche.

La modelo se quitó el vestido con desgana y se fue medio desnuda a vestirse. En ese momento se abrió otra cortina, detrás de la cual había un grupo de bailarinas, también medio desnudas. Tiberio, incómodo, le hizo un gesto a Carla y se marchó hacia el salón.

–¿Y ahora, qué? –le preguntó Elise a Carla–. ¿No pensarás que voy a ponérmelo yo?

–No, voy a ponérmelo yo.

Nina la miró horrorizada.

–Pensé que se trataba de que tú no participases en esto.

Carla tomó la elegante máscara que iba a juego con el vestido y se la puso en el rostro. Con ella solo se le veía la barbilla y la boca.

No obstante, sabía el riesgo que estaba corriendo.

–Lucas no se enterará.

Capítulo Trece

Carla se puso el vestido y se subió la cremallera con dificultad, ya que lo habían ajustado a la modelo que se había puesto enferma.

Se colocó la exquisita gargantilla de perlas que, afortunadamente, le cubría gran parte del escote y que dejaba una única perla entre sus pechos.

Unos pechos que parecían mucho más generosos con el vestido tan estrecho.

Se miró al espejo y se sintió un tanto avergonzada por el sensual efecto del traje tan ceñido.

Respirando con cuidado para no romperlo, se puso la pulsera que hacía juego con la gargantilla y se colocó los pendientes. Se cubrió el rostro con la máscara y volvió a mirarse en el espejo.

Con un poco de suerte saldría de aquello sin ser reconocida. Solo estaría unos minutos en el escenario y después correría a cambiarse.

Elise apartó la cortina.

–Ha llegado el momento. Adelante.

Lucas miró el reloj al entrar en el salón de baile y lo recorrió con la mirada.

Tiberio le había contado que Carla estaba ayudando entre bastidores. Era normal, siempre cuidaba mucho los detalles, pero Lucas tuvo la sensación de que estaba tardando demasiado. A esas alturas ya tenía que estar de vuelta en el salón, con él.

Volvió a mirarse el reloj. Al menos Panopoulos no estaba allí.

Se puso tenso al recordar la cara de susto de Carla mientras intentaba zafarse de él. Al ver las marcas que el otro hombre había dejado en sus brazos, Lucas se había arrepentido de no haberlo golpeado.

Miró a su alrededor con el ceño fruncido. Algo tenía que haber ido mal para que no estuviese allí. Recordó cómo lo había mirado antes de salir de la habitación, con la misma intensidad que cuando se habían conocido, y se dijo que tenía que conseguir que siguiesen brillándole siempre los ojos.

Un camarero le ofreció una copa de champán. La rechazó. Entonces vio a Nina al otro lado del salón, saliendo al escenario, ya que era ella la que iba a presentar el evento.

Se apoyó en la barra y continuó estudiando el salón mientras el espectáculo empezaba. Se hizo el silencio y una modelo mucho más sexy de lo que él la recordaba salió al escenario.

Todos los hombres se quedaron hipnotizados con la mujer, cuyo rostro iba cubierto por una máscara y que hacía el papel de sacerdotisa que ofrecía a Dios el producto del mar, una cesta de perlas Ambrosi. Con aquellas piernas elegantes y aquel tentador escote, Lucas pensó que parecía más una bailarina de Las Vegas que una sacerdotisa.

Notó que se excitaba al observar sus movimientos y no pudo evitar buscar con la mirada el tercer dedo de su mano izquierda.

Dio un buen trago de champán y dejó la copa con cuidado. El misterio del paradero de su futura esposa acababa de resolverse.

Intentando controlar la ira que lo atenazaba, avanzó entre la multitud y se subió al escenario. Le quitó la cesta de perlas de las manos y se la dio a una de las bailarinas que la acompañaban antes de tomarla en brazos.

–¿Qué estás haciendo? –le preguntó ella, aferrándose a sus hombros.

Lucas ignoró los aplausos y vítores y bajó del escenario para salir del salón.

–Sacarte de ahí antes de que te reconozcan. No te preocupes, pensarán que forma parte del espectáculo. El director ejecutivo del Grupo Atraeus haciéndose con la mejor pieza de Ambrosi.

–No puedo creer que estés fantaseando con la adquisición de una empresa, ¡y no se trataba de hacer un número de circo!

Él llegó al ascensor y lo llamó con el codo. No pudo evitar clavar la vista en su escote.

–¿Qué ha pasado con la modelo que contraté?

–Se ha puesto enferma. Y la que han mandado para sustituirla era demasiado delgada. Si no me ponía el vestido yo, la otra opción era cancelar el evento.

–¿Y tan malo habría sido eso?

–Por supuesto. Se consiguen muchas ventas gracias a este espectáculo. Además, llevo una máscara. Nadie me ha reconocido.

–Yo, sí.

Ella se quitó la máscara y lo fulminó con los ojos azules.

–Pues no entiendo cómo.

Él disfruto de su piel de color miel y cambió de idea. No se parecía a ninguna bailarina de Las Vegas, sino a una carísima cortesana adornada de perlas. Su cortesana.

De hecho, lo que llevase puesto daba igual. Estaba sexy con cualquier cosa.

–La próxima vez, acuérdate de quitarte el anillo de compromiso.

Las puertas del ascensor se abrieron. Unos segundos después estaban dentro de su suite.

–Tengo que volver a la fiesta.

Lucas la dejó en el suelo.

–Con ese vestido, no.

–No pasa nada, no me favorece el color –desabrochándoselo, al menos así podría respirar. Miró a Lucas con cautela–. ¿Qué estás haciendo?

Se había quitado la chaqueta, se había aflojado la corbata y estaba delante del escritorio que había en un rincón del salón.

–Mirar el correo electrónico.

El brusco cambio de actitud dejó a Carla helada. No era la primera vez que le ocurría. Lucas utilizaba el trabajo como mecanismo de autocontrol. No tenía que haberle sorprendido, ella hacía lo mismo.

No obstante, le molestaba que la hubiese sacado

de la fiesta como un cavernícola para después ignorarla.

Carla pensó que lo más sensato sería ponerse otro vestido y bajar a la fiesta, pero si había algo que había detestado desde niña era que la ignorasen.

Se acercó a la cocina y buscó un cuenco. Necesitaba comer. No le apetecían cereales a esa hora, pero era lo que había, y había decidido que iba a quedarse allí con Lucas hasta que este se diese cuenta de que no podía ignorarla.

Vació un paquete pequeño de cereales en el cuenco y lo tiró a la basura.

Lucas la miró con el ceño fruncido, como si lo estuviese molestando.

—Pensé que ibas a cambiarte para bajar a la fiesta.

Ella abrió la nevera y sacó la leche.

—¿Por qué?

—Porque el salón está lleno de prensa y de clientes.

Ella lo miró como si no lo entendiese, pero en realidad estaba tomando notas. Era evidente que pensaba que era como Sophie, que le encantaba la fiesta y ser el centro de atención.

—Nina y Elise se están ocupando de todo. Yo no hago falta para nada.

—Pues hace diez minutos nadie lo habría dicho.

Carla se encogió de hombros.

—Era una emergencia.

Consciente de que ya tenía la atención de Lucas, abrió el cartón de leche y vertió esta sobre los cereales. Tomó una cuchara y salió al salón, se sentó en el sofá y encendió la televisión. Pasó de un canal a otro hasta que encontró un programa que le gustaba.

Lucas le quitó el mando y apagó la televisión.

–¿Qué tramas?

Ella masticó los cereales con la vista clavada en la pantalla apagada del televisor. Antes de la fiesta había encontrado motivos para adorar el comportamiento dictatorial de Lucas, en esos momentos volvía a odiarlo, pero se negaba a demostrarle lo molesta que estaba. Había querido llamar su atención y lo había conseguido.

–Estoy considerando mi futuro trabajo. No me van los hombres autoritarios.

–No vas a trabajar para Panopoulos.

Ella tomó otra cucharada de cereales. Lucas estaba celoso, al menos estaba consiguiendo algo.

–Supongo que no, porque ayer firmé un contrato blindado.

Lucas tiró el mando encima del sofá y se quitó la corbata.

–Vaya. Debes de estar acostándote con el jefe.

–Aún más, tengo acciones.

–Hacer alarde de tus victorias no es nada femenino –le dijo él, tomando otro cuenco y dejándolo encima de la mesa.

Luego tomó su mano y la ayudó a levantarse.

Varias perlas cayeron al suelo al incorporarse.

–No deberías comer de la comida de una posible embarazada.

Lucas la miró fijamente.

–¿Crees estarlo?

–Todavía no lo sé.

Se había dejado el test de embarazo. Con todo lo ocurrido, no había tenido tiempo de leer las instrucciones y hacérselo.

–Podría acostumbrarme a la idea –le aseguró Lucas, tomando su rostro para darle un beso.

Aquello hizo que Carla se olvidase del siguiente paso de su plan y lo abrazase por el cuello. El gimió y profundizó el beso.

Luego, apoyó las manos en sus caderas y la hizo retroceder hasta el dormitorio. Le quitó el vestido por la cabeza y lo tiró al suelo.

–Se ha estropeado el vestido –le dijo ella, aunque ya le diese igual.

–Mejor. Así no podrás volver a ponértelo.

Carla se quitó los tacones, se subió a la cama y se tapó con la colcha mientras veía cómo Lucas se desnudaba.

Él se tumbó a su lado y miró la colcha con desagrado.

–Esto fuera –le dijo, quitándosela.

Luego tocó la gargantilla de perlas que llevaba Carla en el cuello y la perla que colgaba entre sus pechos.

–Pero esto déjatelo.

A Carla se le habían olvidado las joyas, pero le molestó que Lucas le hubiese dicho que se las dejase puestas, ya que tenía la sensación de que la estaba tratando como a una amante, y no como a su futura esposa, así que se alejó de él y volvió a taparse con la colcha.

—Acabas de destrozar un vestido muy caro. Si piensas que voy a permitir que me hagas el amor con un diseño original de Ambrosi…

Lucas la abrazó por la cintura para que no se bajase de la cama.

—Yo lo pagaré si se estropea. Y que hagamos el amor o no depende de ti, pero antes de que te marches quiero que sepas que lo he organizado todo y que nos vamos a casar antes de que termine la semana.

—Necesitabas mi permiso para hacer eso.

—En Medinos, no.

—Si recuerdo bien de la boda de Sienna, todavía tengo que decirte que sí.

Él la miró con frustración.

—Tengo una licencia especial. Me da igual dónde nos casemos, siempre y cuando lo hagamos. No quiero que Panopoulos ni ningún otro hombre piensen que estás libre.

A ella le encantó ver lo mucho que deseaba tenerla. Aquello era la prueba de que estaba empezando a enamorarse.

—Sí –le dijo.

Lucas la miró de manera divertida.

—Entonces, todo arreglado.

Carla se sintió feliz, todavía más cuando Lucas la besó con suavidad.

Un rato después, Lucas la despertó al levantarse para ir al cuarto de baño. Cuando volvió, la abrazó por las caderas y la apretó contra su cuerpo. Luego le apoyó una mano en el vientre, como si inconscientemente estuviese acariciando a su bebé.

Carla puso la mano encima de la él y sus dedos se entrelazaron. Soñó con la posibilidad de estar embarazada, de poder formar pronto una familia.

–¿Crees que seremos buenos padres?

–Es probable.

Carla se giró al oír una nota de amargura en su voz.

–¿Qué ocurre?

Él se apoyó en un codo.

–En una ocasión tuve una novia que se quedó embarazada. Y abortó.

–¿Sophie Warrington?

–Eso es.

–Ya me has hablado de ella. Murió en un accidente de tráfico.

–Había abortado el día anterior del accidente. Cuando me contó que lo había hecho sin tan siquiera contarme que estaba embarazada, tuvimos una pelea. Rompimos y ella se marchó en su coche deportivo. Una hora después estaba muerta.

–Lo siento –le dijo ella, acariciándole el pecho–. Debías de quererla mucho.

–Era más adicción que amor.

Carla recordó que a ella le había dicho algo parecido en una ocasión, y que eso no le había gustado.

–¿No me verás a mí como a otra Sophie?

–Os parecéis en algunas cosas, pero a lo mejor a

eso se debe la química. Tanto Sophie como tú sois mi tipo.

A ella se le encogió el estómago. Allí estaba otra vez, la maldita atracción.

Si Lucas le ponía la misma etiqueta que a Sophie, era posible que no llegase a enamorarse de ella, de que siempre la viese como a una atracción fatal y no como a una esposa.

Si aquello llegaba a su fin lógico, era muy probable que cuando el deseo desapareciese, Lucas se enamorase del tipo de mujer que en realidad quería.

—¿Y qué pasará cuando me haga vieja, engorde o… me ponga enferma? Necesito saber por qué te soy irresistible, porque si lo único que sientes por mí es atracción, no durará mucho.

Él pasó un dedo por su delicada garganta hasta llegar a la clavícula.

—Es química. Es una mezcla de tu personalidad y del físico.

Ella frunció el ceño, aquello le gustaba cada vez menos.

—Entonces, ¿cómo has podido sentirte atraído por Lilah? —le preguntó, y se arrepintió al instante.

—No te preocupes por Lilah.

—¿Por qué no?

No necesitaba que Lucas le diese una respuesta. Era evidente que Lilah solo había formado parte de una estrategia con la que pretendía dejarle claro que su relación había terminado.

Capítulo Catorce

—No tengo por qué preocuparme por Lilah porque nunca te has sentido atraído de verdad por ella —le dijo.

Lucas se puso tenso, no respondió.

—Solo querías romper conmigo. Sabías que si yo pensaba que te habías enamorado de otra, mantendría las distancias y no montaría ningún escándalo.

Él se acercó más, bloqueando con los hombros la luz de la lámpara.

—Carla…

—No.

Carla se zafó de él y salió de la cama.

—¿Qué le ofreciste a Lilah para que fingiese que era tu novia?

Él salió también y se puso los pantalones.

—Nada. Solo le pedí que me acompañase a la boda. Fue nuestra primera y última cita.

La agarró por la cintura y la acercó a su cuerpo.

—¿Me crees?

—¿Me quieres?

Lucas dudó un instante.

—Sabes que sí.

Ella estudió su expresión. Era un avance, pero no era lo que necesitaba, sobre todo, después de haber averiguado que solo había utilizado a Lilah para deshacerse de ella.

Lucas la miró a los ojos.

–Lo siento.

La besó y eso la ablandó un poco. Lucas lo sentía y era evidente que la deseaba. Tal vez incluso la quería. No era el cuento de hadas con el que Carla había soñado, pero era un comienzo.

Hace unos días había fantaseado con aquella oportunidad. Era posible que estuviese embarazada. Tenía que intentarlo.

Desayunaron temprano y Carla fue a la sala de conferencias que Ambrosi tenía reservada para su exposición. Lucas tenía que hacer unas llamadas de teléfono y después varias reuniones. Carla había decidido hacer algo útil y ayudar a Elise a organizar la exposición de joyas.

No pudo pasar por alto el hecho de que si Lilah hubiese estado allí aquel habría sido su trabajo, pero tenía que ser pragmática y acostumbrarse.

Las vitrinas ya estaban instaladas y había arreglos florales adornando la habitación, que olía a rosas. Solo quedaba colocar las joyas, que estaban guardadas en cajas de seguridad.

Elise, que estaba nerviosa, le dio a Carla un portapapeles.

–Para complicar todavía más las cosas, Lilah ganó anoche un prestigioso premio de diseño en Milán, gracias a unas joyas Ambrosi.

Desplegó un enorme póster.

–Lucas mandó hacer esto anoche.

Era una fotografía de Lilah, preciosa y elegante con un ajustado traje blanco, con perlas Ambrosi adornando su cuello y sus orejas. Carla no pudo evitar pensar que se parecía a la novia Atraeus que había visto entre los retratos que Zane le había enseñado la noche anterior a la boda de Sienna.

Elise miró a su alrededor.

—Creo que lo voy a poner allí, para que la gente lo vea nada más entrar. ¿Qué te parece?

Carla estudió el fondo de la fotografía, que era un paisaje de Medinos. Era solo un detalle, pero a ella le pareció importante.

—¿Lucas ordenó que se hiciese este póster anoche?

El único momento que había tenido para hacerlo había sido justo después de sacarla de la fiesta, cuando repentinamente había perdido el interés en ella y se había puesto a hacer cosas con el ordenador.

—Eso creo —respondió Elise.

Carla sonrió.

—Estupendo. Dame el póster.

Elise palideció, pero se lo dio.

Carla estudió la enorme fotografía. Su primer impulso habría sido tirarla al mar para no tener que ver tanta perfección.

—Necesito unas tijeras.

Elise se las dio y Carla pasó los siguientes minutos reduciendo el póster a un montón de pequeños trozos.

Cuando hubo terminado, Elise le preguntó:

—¿Quieres organizar tú las joyas o lo hago yo?

–Estoy aquí para ayudar. Yo lo haré.

–¡Estupendo! Yo prepararé los paquetes para la prensa.

Carla se fue relajando poco a poco, decidida a pensar en positivo. Su humor mejoró en cuanto empezó a colocar las bonitas joyas en las vitrinas. Tal vez muchas fuesen diseños de Lilah, pero lo importante era que pertenecían a Ambrosi y Carla estaba orgullosa de ello.

Un mensajero llegó con un paquete. Elise lo firmó, encogiéndose de hombros.

–Qué raro. El resto llegó todo ayer.

Carla tomó el paquete y frunció el ceño. Era de la joyería en la que Lucas le había comprado el anillo de compromiso. Se emocionó al pensar que sería un colgante o una pulsera a juego.

El corazón se le aceleró. Tal vez fuesen las alianzas.

No obstante, se contuvo para no abrirlo.

Cuando terminaron de colocar todas las joyas, Elise miró el paquete y arqueó las cejas.

–No forma parte de la exposición, ¿verdad? Interesante. ¿Quieres que se lo lleve a Lucas? Tengo que llevar al cliente japonés con el que está al aeropuerto dentro de unos diez minutos.

–Ni se te ocurra tocarlo –le dijo Carla, a pesar de saber que Elise estaba bromeando.

Un segundo después entraba Lucas en la sala de conferencias. Detrás de él llegaron varios trabajadores del hotel para poner unas mesas en las que servir el té y unos pasteles. En el exterior ya se oían voces, los compradores y clientes no tardarían en llegar y Carla sabía que ya no tendrían ni un minuto de intimidad. Pensó en darle el paquete para que lo abriera por ella, pero no lo hizo.

Lucas la miró a los ojos y después bajó la vista a los trocitos de póster que había en la mesa. Arqueó una ceja.

–¿Qué es eso?

Hubo un momento de silencio.

Lucas la miró fijamente, como si estuviese dándose cuenta de que era mucho más que la amante con la que había estado los dos últimos años a distancia.

En ese momento, Carla supo que Lilah tenía que desaparecer por completo, por muy importante que fuese para Ambrosi Pearls. Si Lucas y ella querían tener la oportunidad de ser felices en su matrimonio, no podía haber una tercera persona en la ecuación.

Lucas arqueó una ceja.

–¿Qué hay en el paquete?

–Nada que no pueda esperar –dijo ella, guardándolo en su bolso antes de tirar los fragmentos de póster a la basura.

Fuese lo que fuese lo que Lucas le hubiese comprado, no podría disfrutar de ello con el espectro de Lilah cerniéndose sobre ambos.

El fin de semana terminó con una cena en un crucero, y Lucas acabó harto de hablar de diseño.

Agarró a Carla por la cintura mientras se despedían de los últimos invitados en el embarcadero.

Esta estaba agotada, Lucas lo notó por el modo en que se apoyaba en él, y su palidez lo preocupó. Lo último que necesitaba era que volviese a recaer con aquel virus.

Nada más verle la cara por la mañana se había dado cuenta del error que había cometido. Y había decidido tener más cuidado en un futuro.

Había estado todo el día muy callada y si no la había dejado descansar esa noche en el hotel había sido por miedo a que no estuviese allí cuando él volviese.

Alan Harrison, un comprador londinense que era el último en marcharse, se detuvo un momento.

—Todo el mundo habla de Lilah Cole, ya veremos si consigues mantenerla. No me sorprendería que intentasen arrebatártela.

Lucas apretó la mandíbula al notar que Carla se ponía tensa a su lado.

—No podrán hacerlo hasta dentro de por lo menos dos años. Lilah acaba de renovar su contrato con nosotros.

—Una suerte. Un par de días más y podrías haberla perdido.

Carla esperó a que Harrison se hubiese marchado y se apartó del lado de Lucas.

—No me habías dicho que habías renovado el contrato de Lilah.

Su tono no fue acusatorio, sino neutro, pero Lucas sabía que cuanto menos demostraba Carla, más sentía.

–Le ofrecí que trabajase en Medinos hace un par de días. Si me hubiese dado cuenta del daño que eso iba a hacerte, la habría dejado marchar. No me pareció que fuese un problema, ya que tú y yo estaremos en Sídney.

–Entonces, lo hiciste así pensando en mí –dijo ella, sonriendo por fin–. Gracias.

–De nada –respondió él, abrazándola.

Carla se quitó los tacones nada más entrar en la suite. Le dolían los pies, pero estaba tan feliz que casi ni lo notaba. Por fin, después de dos años, se sentía segura con Lucas.

El hecho de que este lo hubiese organizado todo para que Lilah trabajase en Medinos mientras ellos vivían en Sídney, había sido clave.

Lo había hecho para asegurar su felicidad.

Iban a estar los dos siguientes años en Sídney. Juntos.

Tomó a Lucas de la mano y lo llevó al dormitorio sin mirar el escritorio que había en él, donde había puesto el paquete que había llegado por la mañana.

–Siéntate –le dijo–. Yo iré a por el champán.

Lucas se quitó la chaqueta y la tiró encima de una silla antes de aflojarse la corbata.

–A lo mejor no deberías beber champán.

–Yo tomaré agua con gas y tú, champán.

–¿Qué estamos celebrando exactamente?

–Ahora lo verás.

Él dejó de desabrocharse la camisa.

–Estás embarazada –dijo en tono esperanzado.

Carla fue a la cocina y volvió con una bandeja con champán, agua mineral con gas y dos copas. Al llegar, vio a Lucas con el torso desnudo y la emoción la inundó. Dejó la bandeja en la mesita de noche.

Lucas la agarró de los hombros.

–¿Qué te pasa?

Ella se acurrucó contra su pecho y enterró el rostro en el delicioso calor de la curva de su hombro.

–Nada, solo que te quiero.

–Yo también te quiero a ti.

Carla se sintió decepcionada por la falta de emoción en su voz, pero intentó no pensarlo.

Él la besó y la tumbó en la cama. Unos segundos después, se apoyó en el codo y la miró:

–¿Qué te pasa? Estás nerviosa.

Carla fue hasta el escritorio y sacó el paquete que había metido en el cajón.

–Esto ha llegado esta mañana.

En vez de sonreír, Lucas se puso tenso.

Ella tomó el paquete y tiró de la bolsa de plástico.

–Carla…

–No, no digas nada.

Con el pecho encogido, fue a la cocina y rasgó el plástico con un cuchillo. Dentro había una caja de terciopelo azul oscuro atada con un lazo de seda negro. Por el tamaño, parecía contener un anillo.

Lucas se acercó a ella mientras quitaba el lazo. Tal vez fuesen las alianzas. Lucas quería que se casasen lo antes posible. Y tenía sentido que las hubiese comprado en el mismo sitio que el anillo de pedida.

–Carla…

Ya lo sabía. No eran las alianzas. Abrió la caja.

Un diamante solitario brilló en su interior.

Con manos temblorosas, lo sacó e intentó ponérselo, pero le quedaba pequeño.

No era para ella. Aquel elegante anillo de compromiso había sido escogido para otra persona.

Lilah.

Capítulo Quince

Carla dejó el anillo en su caja y miró a Lucas a los ojos.

—No saliste con Lilah solo para facilitar la ruptura conmigo, ¿verdad? Pensabas casarte con ella.

—Había planeado pedírselo, pero eso fue antes de que…

Casi sin poder respirar, con escozor en los ojos, Carla cerró la caja y la metió en su bolsa.

—Ibas a pedírselo aquí, en el lanzamiento de la nueva colección. ¿Nunca has estado enamorado de Lilah?

—No.

—Entonces, ¿por qué ibas a pedirle que se casase contigo?

—Precisamente porque no estaba enamorado de ella.

—Todo es por culpa de Sophie Warrington, ¿verdad?

—Sí. A ella le encantaban los focos, la fama. Chocábamos mucho. La noche del accidente habíamos discutido. Fue la última vez que la vi con vida. No tenía que haberla dejado marchar, tenía que habérselo impedido.

—Si no era tu tipo de chica, ¿qué hacías con ella?

146

–Buena pregunta –admitió Lucas–. Me enamoré, pero jamás teníamos que haber salido juntos.

Carla apretó la mandíbula.

–Y sigues pensando que yo soy como ella. Otra Sophie.

–Lo pensaba. He cometido errores, pero ahora sé qué es lo que quiero.

–¿A mí, o al bebé que podría estar esperando? –inquirió ella–. Si no te importa, necesito dormir.

Sacó una almohada y una manta del armario y salió de la habitación.

–¿Adónde vas?

–A dormir al sofá.

–No será necesario. Yo dormiré en el sofá.

–No, prefiero dormir yo en el sofá.

Él la agarró de los brazos.

–Podemos arreglarlo. Puedo explicarte…

Ella se puso rígida.

–Suéltame –le pidió en voz baja–. Es tarde. Los dos necesitamos dormir.

Lucas la miró a los ojos.

–Vuelve a la cama conmigo, lo arreglaremos.

–No –respondió ella a pesar de desear hundirse en sus brazos–. Ya hablaremos mañana.

Carla se despertó con un fuerte dolor en el vientre. Fue al baño y comprobó que tenía el periodo y que no estaba embarazada.

Volvió al sofá, pero no se molestó en intentar dormir. Hasta ese momento, no se había dado cuenta de lo mucho que había necesitado estar embarazada. Así habría tenido la oportunidad de seguir con Lucas. Esa oportunidad había desaparecido y ella tenía que enfrentarse a la realidad.

Prefirió no ducharse para no despertar a Lucas, tenía en la cocina su bolsa del gimnasio con ropa limpia. Se vistió y se puso unas zapatillas.

El bolso con las medicinas estaba en el dormitorio. No podía arriesgarse a entrar, pero tenía una tarjeta de crédito y algo de dinero. Compraría un billete de vuelta a Sídney.

Unos minutos después estaba en el *hall* del hotel. La velocidad con la que había dejado la relación más importante de su vida hizo que se le revolviese el estómago, pero no podía dar marcha atrás.

No podía estar comprometida con un hombre que se había esforzado más en romper con ella que en incluirla en su vida.

Un ruido despertó a Lucas, que se deshizo de las sábanas, se levantó y se puso los pantalones que había dejado sobre el brazo de un sillón.

Su sospecha de que el sonido que lo había despertado había sido el ruido de la puerta se confirmó al ver una nota y el anillo de compromiso de Carla en la encimera de la cocina.

La nota era breve. No estaba embarazada y se había marchado.

Lucas arrugó el papel.

Tenía el corazón a punto de salírsele del pecho.

Respiró hondo e intentó controlar la sensación de pánico.

Conseguiría que Carla volviese. Tenía que hacerlo.

Estaba seguro de que lo quería. Solo tendría que acercarse a ella de la manera adecuada.

El estómago se le encogió al pensar que le podía pasar algo. Pero eso no iba a ocurrir porque no era como Sophie. No obstante, no volvería a cometer el mismo error. Se aseguraría de que Carla estaba sana y salva. No volvería a fallarle.

La quería.

Se metió la nota y el anillo en el bolsillo y corrió a vestirse. Acababa de darse cuenta de lo importante que era Carla para él. No podía perderla.

Carla atravesó el vestíbulo, que estaba casi vacío. Había perdido varios minutos en buscar sus pertenencias entre bastidores. Elise o Nina debían de haberlas recogido.

Salió del edificio y fue derecha a la parada de taxis, que estaba vacía. Esperó unos segundos y empezó a ponerse nerviosa, no porque estuviese desesperada por escapar, sino porque una parte de ella seguía deseando que Lucas saliese e impidiese que se marchase.

Temblando de frío, observó el cielo que empezaba a clarear por el Este mientras un taxi se detenía por fin ante ella.

Se sentó en la parte de atrás con la bolsa al lado

de ella y le pidió al conductor que la llevase al aeropuerto.

¿Cómo iba a ir Lucas tras de ella, si le estaba dando lo que más había valorado siempre de su relación, su libertad?

Lucas salió del hotel justo cuando el taxi desaparecía a lo lejos y el pánico que había sentido mientras bajaba en el ascensor se convirtió en un temor frío.

Volvió a entrar e hizo varias llamadas de teléfono. Unos segundos después, Tiberio le informaba de que Carla iba en dirección al aeropuerto y que ya tenía un vuelo reservado.

El silencio y la eficiencia con la que lo había dejado lo sorprendieron. No había habido amenazas ni manipulación y se lamentó por no haberse dado cuenta antes de quién era en realidad y por qué le resultaba tan sumamente irresistible.

Con ella no había sido presa del deseo por segunda vez. Se había enamorado por primera vez, de una mujer que era inteligente y fascinante y perfecta para él.

Y se había pasado dos años intentando destruir lo que sentía por ella.

Dio varias instrucciones y se sentó a esperar.

Carla frunció el ceño al ver que el taxi tomaba la salida equivocada.

–Por aquí no se va al aeropuerto.

El conductor la miró de manera extraña por el espejo retrovisor y colgó su radio, por la que había estado hablando durante los últimos minutos.

–Tengo que esperar a alguien.

Carla oyó un helicóptero en el cielo, que no tardó posarse en un cercano campo de deportes. Un hombre alto y moreno bajó de él.

A ella se le aceleró el corazón, había querido que Lucas fuese a por ella, pero al verlo lo único que deseaba era salir corriendo.

Abrió la puerta del taxi, sacó dinero de su bolsa para pagar al taxista y un segundo después estaba entre los brazos de Lucas.

–¿Qué estás haciendo? –le preguntó, dejando caer la bolsa y aferrándose a sus hombros.

–Secuestrarte –le contestó él.

–Si piensas que voy a hacer alguna tontería o a tener un accidente, no te preocupes. Solo te estoy dando lo que quieres.

–Lo sé. He leído la nota –le contestó él, llevándola hasta el helicóptero.

–¿Adónde vamos? –quiso saber Carla.

–A una cabaña, en las montañas –le contó Lucas.

Un rato después el helicóptero aterrizaba en un claro y el piloto los dejaba junto a una caja que tenía el logotipo del hotel. Carla supuso que había comida en ella.

Carla miró a su alrededor.

–No puedo creer que me hayas secuestrado.

–A Constantine le funcionó.

A ella se le aceleró el corazón al oír aquello. No era una declaración de amor, pero casi.

Entraron en la enorme cabaña, en la que no faltaba detalle.

–No es un secuestro de verdad.

–¿Cómo de verdad querías que fuese? –le preguntó Lucas.

Capítulo Dieciséis

–Estamos solos. Y juntos –le dijo Lucas, a pesar de que lo único que quería hacer era besarla–. Vamos a hacer lo que debíamos haber hecho anoche, hablar y solucionar esto. ¿Has desayunado?

–No –dijo ella, mirando la deliciosa comida que Lucas había empezado a sacar de la caja y buscando en su bolsa de deporte algún antiácido.

Lucas se puso tenso al ver que tomaba el teléfono que había en la encimera.

–¿Qué ocurre? ¿A quién llamas?

–A Elise –respondió ella, frunciendo el ceño al ver que esta no respondía–. Ella puede conseguirme la medicación que necesito.

–¿Qué medicación? –le preguntó él, dándose cuenta de repente–. O eres diabética o tienes una úlcera.

–Lo segundo.

Aquello lo enfadó.

–¿Por qué no me lo contaste?

–Porque no te pusiste precisamente contento cuando tuve el virus en Tailandia. Este me atacó al estómago, aunque no me enteré hasta que no se me perforó la úlcera que ya tenía y fui al hospital.

–¿Has tenido una úlcera perforada? –preguntó

153

él con incredulidad–. Podías haber muerto. ¿Por qué no me lo contaste?

–Después de lo ocurrido en Tailandia, no quería que supieras que estaba enferma otra vez –respondió ella, encogiéndose de hombros–. Sienna y mamá no sabían nada de ti, así que no pudieron llamarte.

Lucas se sintió fatal. En Tailandia se había distanciado de Carla porque su enfermedad había hecho que sintiese algo más por ella, que desease cuidarla y tenerla cerca.

–¿Cuándo ha sido la última vez que te has tomado la medicación?

Ella marcó otro número de teléfono.

–Ayer, a la hora de la comida. Por eso estoy llamando al hotel. Tengo las pastillas en nuestra suite. A lo mejor Tiberio puede ir a por ellas y traérmelas.

–No vamos a esperar dos horas, estaremos allí en quince minutos.

–No pasará nada, no es agradable, pero tampoco es tan grave.

–¿Y desde cuándo dices que tenías esa úlcera?

–Desde hace más o menos dos años.

El tiempo que se conocían. Lucas apretó la mandíbula al volver a darse cuenta de lo ciego que había estado con Carla. Sabía que uno de los factores causantes de las úlceras era el estrés.

–Por si no lo sabías, soy bastante aprensiva. No consigo cambiar –añadió sonriendo.

–¿La mujer a la que amo ha tenido una úlcera perforada y dice que no es agradable?

–¿De verdad me amas?

–Sí. Por eso no podía resistirme a ti.

–Pero has tardado dos años en darte cuenta.

–No me lo recuerdes. Cuéntame cómo has terminado teniendo una úlcera.

–Está bien, pero a lo mejor te desenamoras de mí. Soy perfeccionista y siempre tengo que tenerlo todo controlado. He trabajado hasta el agotamiento para levantar Ambrosi. Cuando empecé a coordinar el color de los ratones con los de las alfombrillas del ordenador, Sienna me llevó al médico. Jennifer me recetó un protector de estómago y me dijo que tenía que dejar de tomármelo todo tan en serio, que tenía que cambiar de vida. Una semana después, te conocí.

–Y me cambiaste la vida.

–Pues a mí no me lo pareció –admitió Carla sonriendo–. Solo sabía que estaba llevando nuestra relación al contrario de cómo quería que fuese, supuestamente para evitar estresarme. Si hubieses llegado a mi vida un par de semanas antes, habrías conocido a otra mujer.

–Me enamoré de ti nada más verte.

Ella cerró los ojos y esperó unos segundos.

–Repítelo.

–Te quiero –le dijo él antes de besarla.

Durante el viaje en helicóptero, Lucas insistió en ir al médico nada más aterrizar. Este recetó a Carla un antibiótico y un protector de estómago.

Al salir de la consulta, Lucas tomó su rostro con ambas manos.

–Tengo que darte una explicación. Necesito disculparme.

Carla lo escuchó mientras él le explicaba cómo su enfermedad en Tailandia lo había obligado a enfrentarse a la culpabilidad del pasado y había hecho que tomase la decisión de romper con ella.

–No estoy orgulloso de lo que hice con Lilah, pero estaba desesperado. No me di cuenta de que estaba enamorado de ti hasta que leí la nota que me dejaste en el hotel y vi que me habías dejado –le explicó, abrazándola–. He malgastado mucho tiempo. Dos años.

–Yo tampoco te lo he puesto fácil –admitió ella.

Lucas tomó sus manos y apoyó una rodilla en el suelo.

–Carla Ambrosi, ¿quieres casarte conmigo y ser el amor de mi vida?

Se metió la mano en el bolsillo y sacó de él el anillo azul.

A Carla se le llenaron los ojos de lágrimas al ver el amor con el que la miraba Lucas. Estaba emocionada porque sabía que había sido suya desde el principio.

–Sí.

La respuesta fue tan sencilla como el beso que la siguió, los largos minutos que pasaron abrazándose y la promesa de toda una vida juntos.

Tras las puertas de palacio

JULES BENNETT

Su matrimonio tenía todos los ingredientes de un gran romance de Hollywood: un bello entorno mediterráneo, un guapo príncipe y sexo del mejor. Era una lástima que no fuera real. Cuando el príncipe Stefan Alexander se casó con Victoria Dane, se trataba solo de un acuerdo entre amigos para asegurarse la corona. Victoria había renunciado a mucho por esa supuesta vida de cuento de hadas con Stefan, pero no tardó en descubrir que se había enamorado de él. Había llegado la hora de luchar por lo que realmente importaba, porque lo único a lo que no podía renunciar era a él.

¿Aceptaría una propuesta de verdad?

¡YA EN TU PUNTO DE VENTA!